错位

The Transposed Heads

〔德〕托马斯·曼——著

马伊林——译

上海文艺出版社

上海故事会文化传媒有限公司

名家导读

/尚晓进

尚晓进，上海大学外国语学院教授，博士生导师。主要研究领域为外国文学和比较文学。在《外国文学动态研究》《中国现代文学研究丛刊》《文学评论》等核心期刊上发表论文 30 余篇，出版专著《原罪与狂欢：霍桑保守主义研究》《什么是浪漫主义文学》《走向艺术——冯内古特小说研究》，为《世界文学》杂志翻译作品多篇，译著包括《诗人的生活》和《黑狐迷案》（第二译者）等。

托马斯·曼（Thomas Mann，1875—1955），是 20 世纪德国最伟大的小说家和散文家，一生创作了数十部长篇小说、大量中短篇小说以及杂文，长篇小说《布登勃洛克一家》（1901）和《魔山》（1924）奠定了他在德国乃至世界文坛的地位，1929 年，托马斯·曼问鼎诺贝尔文学奖，成为继歌德之后德国文学当之无愧的代言人。

托马斯·曼生于德国北部古老的港口和商业城市吕贝克，父亲是经营谷物的富商，也是当地的参议员，母亲出生于巴西，热爱音乐艺术。托马斯·曼在五个孩子中排行老二，学业不优秀，但倾心文学，希望像哥哥亨利希·曼一样走上文学创作的道路。托马斯·曼继承母亲的艺术气质，也深受父亲商业阶层市民伦理的影响，艺术与商业所代表的两种对立的气质、价值取向与生活方式成为他日后作品的核心冲突之一。托马斯·曼上学期间和朋友一起创办杂志《春天的风暴》，尽管出版两期后即停刊，但他得以在杂志上练笔。因兄弟两人都不肯继承父业，父亲去世后，家族事业也告终结。1893年，在卖掉企业和旧宅后，母亲带着几个年幼的孩子迁居慕尼黑，托马斯·曼在高中毕业后也来到慕尼黑，在一家火灾保险公司当实习生，业余时间写作，1893年发表首个短篇小说《沉沦》，两年后又发表短篇《追求幸福的意志》，有力地向母亲证明了自己的文学才华，之后，他从保险公司辞职，在慕尼黑技术大学旁听历史和文学课程。1895年，托马斯·曼与哥哥一道在意大利旅居，创作了一系列短篇故事。1899年第一个短篇小说集《小个子先生弗里德曼》在柏林问世，文集具有鲜明的世纪末唯美主义风格，也体现出叔本华、尼采和瓦格纳的影响，这三人以深刻而复杂的方式形塑了作家的思想观念。托马斯·曼的早期作品多以无力在社会立足的艺术家为主角，注重描写人物的内心世界和潜意识，表现他们在艺术与生活之间的挣扎，探索人物在追求理想、自由和美的同时，为欲望、疾病和中产阶级伦理所困扰，在倾心于唯美主义的精神向度之际，也为中产阶级坚定稳固的日常所吸引，这一对立之后逐渐扩展为精神／生活的二分法，构成很多作品的结构特征。

1897年，在刊出早期重要短篇小说《小个子先生弗里德曼》后，刊物主编塞缪尔·菲舍尔看出作家非凡的创作天才，继续向他约稿。1898年，托马斯·曼开始长篇小说《布登勃洛克一家》的创作，原本构思的是一个中篇，以一个市民阶层人家的儿子为主人公，意欲讲述一个关于个体生存意志如何为瓦格纳音乐崇高的超越性冲动所湮灭的故事，但最终写成一部跨越四代人的家族兴衰沉浮史。至1901年，《布登勃洛克一家》以两卷本的形式面世，出版后反响热烈，以托马斯·曼自己的故乡吕贝克和家族史为原型，讲述名门望族布登勃洛克历四代由盛而衰的家族历史，展示了19世纪30年代至70年代德国社会生活的广阔画面，正如作家本人所言，是一部"伪装成家族传奇的社会小说"。造成布氏家族衰落的一个直接原因是家族后代身体上的退化趋势：第一代老约翰体格健壮，精力充沛，精明强干，一手打下家族的基业，第二代和第三代男主人都无法与之比肩，而血脉延续到第四代，到了汉诺这里，则是体弱多病，早早夭折。与生命力逐渐衰退相对应的，是家族后裔愈发强烈的艺术气质和愈发高雅细腻的精神，第三代子孙托马斯爱好文学与诗歌，醉心于叔本华哲学，而汉诺则彻底否定中产阶级世界，完全沉迷于瓦格纳的音乐世界，视音乐为"安宁、幸福、天堂本身"，乃至最终消弭了生存的意志，正如托马斯·曼所言，"我用一本形式和内容都十分德国化的书写出了一段德国市民阶层乃至欧洲市民阶层的心灵史"，讲述了一段"非市民化的过程"。显然，《布登勃洛克一家》延续了托马斯·曼早期关于艺术与商业伦理、精神与感性生活之冲突的主题，围绕这一对立，小说与19世纪后期的思潮及哲学艺术立场展开对话和思辨，作家让不同观点与视角在文本中交锋，但本人并不做出最终的判断和取舍，这种叙事的开放性和反讽的距离感也构成托马斯·曼鲜明的艺术特征。

《布登勃洛克一家》也以卓越的现实主义描写著称，真实再现了一个肌理细腻生动的19世纪中产阶级社会，市民家庭的日常、商业运作、家居环境、室内陈设、家宴场景、华服美食，无不活色生香地呈现于读者眼前。写作这部小说时，托马斯·曼才二十四五岁，其非凡的笔力着实令人惊叹，也与作家认真扎实的咨询调查工作分不开。为写作小说，托马斯·曼了解和借用了很多家族材料，他向母亲索要家族历史的记录，诸如家庭记事簿、发黄的札记、信件等资料，询问节日和家宴的细节，甚至把当年家族宴会的菜单和食谱都搬到布氏的故事中。他求助父亲的表亲参议员威廉·马尔梯，向其了解吕贝克的历史、政治、经济状况以及德意志帝国成立之前的吕贝克的新旧币制、粮价的上涨和下跌、生意的情形、商号倒闭的原因等诸多信息。这些调研工作使他对19世纪末的吕贝克有了丰富的感性认识。1929年11月，瑞典文学院在颁奖词中赞誉道，"这是第一部也是迄今最卓越的德国现实主义小说，华丽宏大的风格使其在欧洲文坛上具有无可争议的地位，可与德国在欧洲乐坛上的地位相媲美。"

《布登勃洛克一家》不仅成就了托马斯·曼的事业，也给他个人生活带来了好运。声名鹊起的作家遇到了自己的终身伴侣卡佳·普林茨海姆，1905年与意中人喜结连理，婚姻给他带来的不仅是爱情，还有声誉、财富、社会地位以及妻子对他始终不渝的支持。但托马斯·曼同时对同性也怀有隐秘的爱欲倾向，20世纪70年代，随着托马斯·曼日记的出版，其同性爱欲也成为学界研究的一个热点。婚后，托马斯·曼在事业上也步入一个丰收期。1909年发表的长篇小说《国王殿下》读来宛如一则浪漫传奇，讲述的是19世纪末20世纪初德国一个小国王子和一个美国百万富翁的女儿从相爱到结婚的故事，托马斯·曼把这部小说视作"我新婚的第一个艺术成果"，在爱情主题下，小说探讨了社会责任和艺术家处境等问题，从为王者的孤独与责任中，托马斯·曼看到艺术家的境况与使命，没落封建王权与勃兴资本主义的联姻，在某种意义上，象征了形式／艺术与生活的和解。从20世纪初到第一次世界大战前，托马斯·曼创作了十几篇中短篇小说，《特里斯坦》(1903)、《托尼奥·克勒格尔》(1903)和《死于威尼斯》(1912)是最为优秀的作品。在这三部描写艺术家的中篇小说中，作家融入很多自身体验，探讨生活与艺术的关系。《特里斯坦》来源于瓦格纳的歌剧《特里斯坦和伊索尔德》，以对经典作品的滑稽模仿讽刺形而上的唯美主义在现实生活中的破灭，表达了作家对颓废艺术家的反思和批判。《托尼奥·克勒格尔》同样属于德国艺术家小说传统，主人公是个具有艺术家气质的少年，离群索居，沉湎于精神世界，远离普通市民的生活。作家在小说中试图寻找克服艺术家精神危机的途径，认为艺术家不能自我沉溺，而应以爱与同情沟通日常生活，其实也是自己艺术之路的写照。《死于威尼斯》是托马斯·曼早年关注个体困境的系列作品中的最后一篇，小说将爱欲、感官耽溺与死亡糅合在一起，讲述了这样一个故事：小说主人公阿申巴赫是一个新古典主义作家，一方面高度自律克己，另一方面富于感性，极具美的感悟，但因过于自制而失去创作激情，于是前往威尼斯度假，希望再获生机，在度假酒店里，他邂逅一位波兰美少年，对其产生无法遏制的激情，沉迷于混沌的欲望无力自拔，阿申巴赫最后身心交瘁，失去求生的意志，最终染疫而亡。小说延续了托马斯·曼精神／生活的对立结构，主人公因执着于精神秩序和耽于感官体验而陷入困境，尽管未能成功融合精神世界和感官世界，但主人公的经验暗示，在两者之间应当有沟通的可能，在某种意义上，也是对他在《论理查德·瓦格纳的艺术》一文中提出的新古典主义艺术观的一种探索。《威尼斯之死》在托马斯·曼的创作生涯中具有承前启后的意义，标志着作家从欧洲颓废艺术家的代表转型为关切民族和政治的公共知识分子，如何将秩序与欲望、精神与生活、艺术与时代和社会结合起来是他在未来作品里思考的重点。

1914年第一次世界大战的爆发在德国民众乃至知识界引起极为强烈的反应，托马斯·曼的思想出现了第一次重要转折。一战时期的德国举国沸腾，不只是普通民众，一些颇具声望和睿智的作家也卷入拥护战争的狂热之中，托马斯·曼把大量精力投入政论和演说，为战争辩护，为德国文化、人文主义、市民价值观以及德国政治制度辩言，与反战的哥哥亨利希·曼争锋相对，两人关系一度破裂，此间发表政论文章包括《战时思想》《腓特烈和大联盟》以及与哥哥亨利希·曼论战写成的《一个不问政治者的看法》等。在《战时思想》中，他从文化哲学的角度出发为战争辩护，将德国和西方的对抗视为一场文化和文明之争，认为德国文化代表的是包含艺术、文学、音乐和伦理等在内的形而上的领域，而英法所代表的文明指向政治、自然、工程科学、工业和经济等层面，他希望以战争捍卫内生于德国民族的文化，净化和解放德意志的民族性。《一个不问政治者的看法》是对哥哥《左拉》一文的回应，在文中，他分析了他与哥哥思想和立场上的分歧，也对德国文化和历史做了深刻分析，表达了对"德意志精神"或"德意志本质"的理解，虽然总体上仍质疑西方民主理念，但对《战时思想》支持专制政体的立场有所修正。形势的发展很快在那些战争支持者的头上浇了一盆冷水，战争并没有给德国带来新生，日益恶化的军事形势导致物资匮乏，人民生活困苦不堪。托马斯·曼经历过1918年德意志帝国的崩溃后，从"一个不问政治"的市民知识分子转变为坚定的共和派，转向拥护魏玛共和国，接受自由主义和民主的理念，这些转变也清晰地反映在鸿篇巨制《魔山》(1924)中。

托马斯·曼早在一战前就开始了《魔山》的构思和写作，这中间写写停停，前后持续11年才告完成。《魔山》是一部高度智识化的小说，将诸多话语观念、思想传统与意识形态立场包容在极富弹性的文本空间内。小说主人公汉斯·卡斯托普是一位来自德国汉堡的23岁工程师，到瑞士达沃斯的肺病疗养院看望表兄，原本计划逗留三周，结果待了整整七年，阿尔卑斯山中的疗养院是一个被疾病、死亡、爱欲与颓废主义主导的世界，与德国北部平原上体面严正的市民社会构成鲜明对比。疗养院也是一个高度国际化的小社会，来自世界各地的病人为各种现代意识和观念代言，有崇尚权力意志和非理性的耶稣会教士，有信奉理性和人文主义的乐观主义者，有热衷于精神分析的医生等等。"魔山"上的日常除了疗养医治之外，不时有郊游、节庆狂欢及其他娱乐消遣活动点缀，漫长的七年间，汉斯陷入一场与肖夏夫人的情爱纠葛，与形形色色的人没完没了地会谈辩论，尤其重要的是他与人文主义者塞塔姆布里尼、耶稣会会士和非理性主义者纳夫塔，以及荷兰富商皮佩尔科尔恩之间的哲学辩论，经历了复杂的思想和生命教育，汉斯在一定意义上实现了精神的成长，他最后走出了疗养院，奔赴一战战场。《魔山》是德国现代小说的里程碑，堪称一部反映一战前夕欧洲社会生活的百科全书，融合诸多认知和思想资源，呈现人类经验的种种对立面，探索生命、疾病、爱欲、死亡、文化和政治等诸多命题，试图在理性与感性、混乱与秩序、日神与酒神冲动以及生命与死亡之间找到沟通和平衡的途径。

从 20 年代中期开始，托马斯·曼转向拥抱民主和共和的政治观念，30 年代纳粹政权上台后，确立了反法西斯的立场，将纳粹视为狄俄尼索斯式野蛮生命力对精神秩序的反动。

1930 年 10 月 17 日，托马斯·曼在柏林贝多芬大厅做了题为《德意志致词》(1930) 的讲演，呼吁大家联合起来反对正在崛起的法西斯主义。发表于希特勒上台之前的小说《马里奥和魔术师》(1930) 是对法西斯末日的预言，主人公魔术师奇波拉是个大骗子、蛊惑家和流浪汉，他卑鄙猥琐，用魔术和催眠术控制村民，作家显然是拿他来影射希特勒。1933 年 2 月 10 日，托马斯·曼在慕尼黑大学做了引起很大反响的《理查德·瓦格纳的苦难和伟大》的演讲，次日踏上国外演讲的行程，也从此开始了流亡生涯。在漫长的流亡期间，他写了很多战斗性的文章，发表了无数次的电台演说，从 1940 年起定期在电台对德国听众讲话。1933 年至 1938 年间，他多半时间居住在瑞士，后来前往美国，成为普林斯顿大学客座教授和华盛顿国会图书馆德语文学顾问，1944 年正式成为美国公民。流亡改变了他的生活，更新了他的认识，为他的创作注入了新的内容。如果没有流亡时期的思想和精神上的变化，那些在流亡前就开始构思和创作的作品如《约瑟夫和他的兄弟》《绿蒂在魏玛》等，或许会与现在的面目大不相同。

《约瑟夫和他的兄弟》无疑是托马斯·曼流亡时期的一部重要作品。和歌德一样，他幼时就对圣经中的约瑟夫故事产生浓厚兴趣。1925 年他在地中海一带旅游，旅行激起了他创作约瑟夫故事的欲望，1926 年开始落笔，但直到 1933 年第一卷才出版。这部长篇小说共分四部：第一部《雅各的故事》(1933)、第二部《年轻的约瑟夫》(1934)、第三部《约瑟夫在埃及》(1936) 和第四部《赡养者约瑟夫》(1943)，作家将之称作一首"幽默的人类之歌"，耗尽他 17 年的时光。托马斯·曼后来提到，写作这部取材于《圣经·旧约》的作品，有与时代倾向进行激烈交锋的意义，是为时代谱写的一部神话，试图给一代人以精神指引，重建对于人道和理性的信心。从1936年底开始，托马斯·曼着手创作以歌德为主人公的长篇小说《绿蒂在魏玛》(1939)，绿蒂为歌德早年半自传体小说《少年维特之烦恼》的女主人公，作家设想她老年时来到魏玛，与年轻时的恋人重逢，但歌德态度疏离，拒绝回溯从前，他让绿蒂懂得，敬重意味着接受和尊重变化，拥有应对日常的理智，作家也由此界定了富于人性的文明的根本原则。小说着意刻画了歌德的形象，叙事格调稳重平静而不乏幽默，与纳粹癫狂的非理性构成反差，具有很强的现实针对性。托马斯·曼晚年最伟大的作品是长篇小说《浮士德博士》，它的创作始于流亡时期的1943年3月，搁笔时已是战后的1947年了。小说主人公不是德国民间故事中的浮士德，与歌德的《浮士德》也并不相关，它的全称是《浮士德博士——由一位友人讲述的德国作曲家阿德里安·雷维昆的一生》，是一部描写艺术家悲剧命运的小说，旨在通过一个音乐家的个人悲剧，探讨德国文化的命运以及德国历史悲剧的成因。小说里的阿德里安·雷维昆是个天才的作曲家，已臻于当代艺术创作的巅峰，他感到才思枯竭，不能再创作出新的作品，于是与魔鬼订约，得到24年之久的旺盛创造力，写出以地狱"嚎叫"为题的《启示录》和大型交响乐《浮士德博士哀歌》。然而，惊世骇俗的作品却是曲高和寡，不被听众理解和接受，作曲家自己也陷入神经错乱。值得注意的是，小说的叙述者蔡特勃卢姆在讲述作曲家的故事的时候，第二次世界大战正在激烈进行，托马斯·曼通过蔡特勃卢姆这位虚构的叙述者将作曲家的生活同德国历史进行了"对接"，将作曲家悲剧同德国的毁灭巧妙地交织在一起，在个人与民族、艺术和政治之间架起了一条通道。1949年托马斯·曼发表了《小说的故事:〈浮士德博士〉的源起》，翔实地记录了他创作《浮士德博士》一书的历程。

1949年，早已成为美国公民的托马斯·曼以访问者的身份回到德国，先后在西部美因河畔法兰克福和东部的魏玛发表纪念歌德诞辰200周年的演说。这次魏玛之行引起西德和美国报刊的粗暴批评，甚至说他有"共党"和"亲共"的嫌疑。此时，美国冷战气氛越来越浓，麦卡锡主义横行，在一系列的不愉快之后，托马斯·曼于1952年离开美国，定居瑞士。托马斯·曼晚年的创作力十分惊人，除完成长篇杰作《浮士德博士》外，还完成长篇小说《神圣罪人》(1951)、《黑天鹅》(1953)和《骗子菲利克斯·克鲁尔的自白》(1954)。1955年6月，在隆重热烈的氛围中，托马斯·曼度过了他的八十寿辰，8月12日因血栓在睡梦中安静地辞世。他是一位勤勉的作家，将一生完全奉献给了文学，而他也因作品赢得不朽的声名。

《错位》发表于1940年，属于托马斯·曼流亡时期的作品，是对一则印度故事的改写和再创造，小说素材来源于印度学家海因里希·齐默尔(Heinrich Zimmer)。他阅读过齐默尔的文章《国王与死尸》(The King and the Corpse, 1935)和《印度世界之母》(The Indian Mother of the World, 1939)，两篇文章都重述了印度的换头故事，此外，齐默尔的著作《摩耶:印度神话》(Maya: the Indian Myth, 1936)也给了他一定的启发。流传在印度的换头故事存在不同版本，与齐默尔的重述最接近的是苏摩提婆收录在《故事海》(*Kathdsaritsdgar*) 的版本，是关于恶魔与国王的 25 个系列故事中的一篇 (*Vetala–panca–vimsatika*)。在印度版本中，换头故事讲的是一位洗衣工爱上了另一个洗衣工美丽的女儿，两人幸福地结了婚，妻弟来访，三人一同出门，去参加雪山女神帕尔瓦蒂的节庆仪式。丈夫走进雪山女神的神庙，在宗教狂热中砍下自己的头献祭给女神，妻弟进来发现这一幕后，悲伤不已，用一把剑砍下了自己的头，久等不见人的妻子随后也进了神庙，悲恸中欲追随两人而去，女神为他们的虔诚所打动，阻止了正要上吊的女子，许诺她让死者复生，然而，女子匆忙中出错，将丈夫的头接到了弟弟的身体上，而弟弟的头则安在了丈夫身上。故事以一个谜题结尾，听故事的国王必须正确回答的问题是，"这两个混在一起的人，哪一个是她的丈夫？"国王的回答是：："有丈夫脑袋的那个是，因为脑袋统管躯体，个人的身份取决于脑袋。"齐默尔重述这个故事时，加入了自己的阐释，试图将故事合理化，他揣测的问题是，妻子的错误是否有隐秘的动机？丈夫是否因为婚姻不幸才自杀？在他的讲述里，妻子显然是有过失的，但在印度版本里，妻子则因贞洁和德性而赢得了女神的恩赐。

托马斯·曼显然受到齐默尔的启发，但比齐默尔走得更远，直接将人物关系处理为三角情爱的冲突与纠葛，作品的弗洛伊德色彩很明显，受挫的情欲以及情欲的渴求推动情节的发展，也是导致人物悲剧的直接成因。但在托马斯·曼这里，《错位》远超心理分析可把握的层面，作家将之界定为一则"形而上学的玩笑"(metaphysical joke)，其实融合了作家对于精神与身体、生命意志、禁欲主义以及个体身份等诸多哲学问题的思辨,归根结底,是作家对精神／生活这一对立的另一种演绎。值得一提的是,托马斯·曼也读过歌德在诗篇《贱民》三部曲中对这篇印度故事的改写,在一定意义上追随了歌德的脚步,但探索的是不同于歌德的主题关切。这里,先看托马斯·曼改写的故事,他抛开了印度原版故事套故事的框架结构,保留了三位主要人物以及换头的情节设置。三位故事主人公分别为21岁的施里达曼、18岁的南达和美丽的少女西塔。施里达曼和南达是一对好友,他们身份地位和个人秉性都不相同,然而,彼此吸引的却也正是两者的差异性。作家交代,施里达曼来自商人家庭,算是婆罗门家族的后裔,以经商为业,受过宗教和其他知识领域的良好教育;南达以养牛和干铁匠活为生,是世俗社会的一分子,属于低种姓,甚至连首陀罗都不算。作家有意将两人塑造为彼此对立、同时也是互补的两极:施里达曼智性发达、身体柔弱,惯于做哲性的思辨,有婆罗门僧侣或学者的气质,代表的是精神的一端;南达从事体力劳动,身形健硕优美,内心简单快乐,富于原始粗野的生机活力,指向托马斯·曼对立二元中的感性、生活和原始生命力的一元。作家形容道,对施里达曼而言,身体成了他高贵博学的脑袋的附属物,而在南达这里,脑袋则是身体的附属物,只是作为身体的一部分,南达的脑袋也不失优美。作家将两人比作湿婆的两种化身,然而,作为独立的个体,他们无法拥有神所包含的差异和对立。两人从对方身上看到的完美照见自身的欠缺,并由此意识到世间万物或存在的缺憾状态，在厌倦自我的同时，又为对方深深吸引，两人之间已是生死与共的情谊，托马斯·曼本人的同性恋倾向在人物身上可能有所投射，但显然同性爱欲并非此篇的关注，两人的对立与互补呼应小说的哲学思辨命题。

在托马斯·曼的故事里，两个年轻人结伴出门，在一处供奉卡利女神的圣洁浴场里，无意间看见少女西塔在水里沐浴，美得令人目眩神迷，施里达曼对她一见钟情，意乱情迷中，甚至将西塔视为女神萨克蒂或万物之母的显化。南达目睹施里达曼为爱欲折磨，主动为他上门提亲，促成了两人的婚事。半年之后，已经怀有身孕的西塔决定回娘家探望家人，施里达曼和南达陪同，三人一起上了路，但三人之间气氛诡异，显然各怀心事，西塔控制不住地去看南达的后背，施里达曼明白妻子的欲望对象，南达同样为西塔吸引，自然也知道三人的关系出了问题。正如作家描写的，三人都陷入内心的迷惑，而他们果真也在林子中迷了路。在找路的过程中，他们来到一座供奉女神的寺庙前，施里达曼提出自己进去祭拜女神，在神庙彩绘雕像以及血腥献祭场景的感召下，原本内心悸动不安的施里达曼为卡利女神像威严可怖的面容所震撼，仿佛看见女神为他呈现的存在之真相：作为恐怖与欲望的化身，她乘着扁舟飘荡在"生命之海"，周旋在"热血之洋"，而他本人无非也浮沉于这欲望与生命的海洋之中。神昏意乱的瞬间，施里达曼决定将自己作为祭品献祭给女神，决绝地挥剑砍下了自己的脑袋，献祭其实也是对痛苦的逃避，他以自杀获得对尘世苦海的超脱。

随后进入神庙的南达看见施里达曼躺在地上，已经尸首分离，悲恸之下，毫不犹豫地割下自己的脑袋，追随伙伴而去，这不仅因为两人之间有着同生共死的亲密情谊，也因为他不愿承担觊觎朋友之妻的骂名。西塔久等不见两人出来，惶恐不安地走入神庙，为眼前的恐怖场景所震惊，也无力面对他们死后留下的困局，在意欲吊死自己之际，卡利女神显形阻止了她的行为，西塔随即向女神坦白了自己内心的隐秘以及婚姻里的隐情。婚后随性意识的觉醒，西塔一方面觉得情欲与丈夫施里达曼高贵端庄的形象毫不匹配，另一方面，对南达产生了抑制不住的爱欲，以至于与丈夫欢爱时，总忍不住呼唤南达的名字，这也使得施里达曼备受折磨，实际上，这三人都处于一种自我克制的痛苦状态之中。如印度原本中的情节一样，女神许诺让两人复活，西塔在慌乱中安错了脑袋。当然，从心理分析的角度来看，这并非简单的失误，而是西塔内心潜隐的欲望促成了这一结果。施里达曼拥有了南达的身体，西塔似乎可以获得某种圆满了。

至此，可以提出，换错脑袋这一设想为作家展开哲学探索提供了一个契机，或者，敞开了一个探索某些哲学命题的思想试验场。这一探索包孕无限丰富的可能，也呈现出种种令人困惑的不确定性和繁复的多义性，而这繁复多义以及不确定性又是由跨文化故事改写决定的。无可否认的是，托马斯·曼在改写这则印度故事时沟通了印度与基督教文明，但对他而言，改写并非一般意义上的跨文化沟通，更非文化旅行者带有猎奇意味的穿梭与体验，托马斯·曼看待印度的目光显然

15

更为深沉，因为这中间有叔本华和尼采哲学不可忽略的一环。从青年时代起，托马斯·曼就为叔本华和尼采哲学所吸引，也极为推崇与尼采关系密切的瓦格纳，这三人不仅影响他对于美学与艺术的观点，更深刻形塑了他对于世界本质的理解，可以说，从叔本华这一脉思想传统中，他获得一种有别于传统基督教的宇宙观和形而上学体系。印度哲学之于叔本华的影响是学界公认的事实，在《作为意志和表象的世界》第一版的序言中，叔本华明确表示学习过印度古代文化的读者能够更好地理解自己的哲学体系，印度思想构成其哲学体系的重要根基，他实际上是以吠檀多和佛教思想改造了康德哲学。他将意志视为宇宙的本源和一切存在的本质，意志是一种不可遏制的、无尽的盲目冲动，没有任何目的和目标，处于永无止境的欲求状态，世间万物以及个体的生命都是意志的表达，因而，叔本华将我们所处的世界称为表象的世界。他以印度吠檀多中的"摩耶"观念来形容这个世界，"摩耶"在梵语中本义为"魔术"或"骗术"，而后逐渐获得虚幻、幻灭之义，无论是个体生活还是纷繁的世间万象，都是摩耶所造的幻相，都是虚幻不实的，如他所言："在《吠陀》和《普兰纳》经文中，除了用梦来比喻人们对真实世界（他们把这世界叫作'摩耶之幕'）的全部认识外，就不知道还有什么更好的比喻了。"个体生命同样是意志的具体呈现，并受制于意志的欲求，因而，叔本华有言："人，彻底是具体的欲求和需要，是千百种需要的凝聚体。"叔本华从吠檀多哲学走向了否定表象世界乃至取消生命意志的悲观主义立场，认为应当断绝欲求，寂灭意

16

志的冲动，通过禁欲主义抵达自由和宁静，叔本华的禁欲主义与吠檀多的解脱论其实殊途同归。

托马斯·曼读过叔本华的《作为意志和表象的世界》，他也提到，叔本华为他改写这则印度故事做了形而上学方面的准备。尽管只是创造性挪用和转化吠檀多哲学，但叔本华毕竟为托马斯·曼敞开了一种异质文化空间，并带来一套把握宇宙、生命本质以及个体存在的新的思想方式，这一思维方式本质上是对西方传统二元论的背离，而更接近吠檀多"梵我一如"的立场。如果说意志是一切生命的本源，而世间万象不外乎意志的表象，这也可能意味着，呈现于万事万物中的意志预设世间万象的内在统一，也隐含了克服西方哲学传统中形而上与表象世界、主体与客体分离的可能，正如叔本华所言，"世界和人自己一样，彻头彻尾是意志，又彻头彻尾是表象，此外再没有剩下什么东西了"。换言之，我即世界，世界即我，但梵我同一的命题也不必然通向叔本华的悲观主义，它也可能导向尼采式的立场，转向对生命意志和权力意志的肯定。托马斯·曼熟悉叔本华哲学，对尼采也情有独钟，而他也惯于从不同的角度反复切入某个主题，展开多方位的沉思，让不同的观点与立场在文本中争辩交锋，而叙事人又始终保持一种开放的姿态，以反讽和幽默保持其智性的平衡，这在《错位》里表现得非常明显。那么，叔本华和印度哲学与《错位》有什么关联？在东西异质文化交叠并置的空间内，托马斯·曼聚焦和思辨的又是哪些核心命题？作家曾经提到，这则印度故事吸引他的地方在于，印度将色欲与形而上学混杂在一起的思辨传统，的确，身体、色欲和欲求是故事的关键词，托马斯·曼形而上的思辨也是围绕身体与欲望展开的。

作家将施里达曼和南达塑造为互为对立的一组人物，分别指向精神性和物质性的两种属性，这两者又分别与智性／灵魂和感性／肉体的对立挂钩，在人的身体上，又以脑袋与躯体的分别确认这对立二元以及由此建构的文化等级秩序。在塑造这一对人物形象之际，托马斯·曼已将西方根深蒂固的二元对立思维复刻于印度故事之内了。在印度原本中，国王确认脑袋统管躯体，因而，拥有丈夫脑袋的那个便是女子的丈夫，至此，问题迎刃而解，不再留有质疑的空间，然而，在作家这里，一系列的追问才刚刚开始，而追问的空间恰恰由印度文化敞开，深谙于西方传统的托马斯·曼敏锐地意识到，梵我同一的命题其实在暗中消解自柏拉图以来的二元论思维，超越性的精神世界与形而下的表象之世界或许并非泾渭分明，精神性与物质性的原则相伴而生，更多时候是你中有我和我中有你的状态。在小说的开始，托马斯·曼就将读者引入印度文化的观念世界，叙事人告诫道："听故事的时候，听众除了要具备过人的胆识，还要兼具抵御摩耶恐怖幻相的能力。"经验世界的一切乃至故事本身都不过是摩耶幻相，这其实也是作家在小说中哲学沉思得以展开的前提和预设。在小说的开始，施里达曼和南达两人在浴场小憩，陶醉于河边美景，就"寂静"和"涅槃"展开了一番意蕴丛生的讨论。正如他高贵而发达的大脑所昭示的，施里达曼表现出十足的理性和智性，时刻警醒，提醒所经验的一切都是幻相，而南达无意于概念和语词的分别，更倾向于以本能和直觉的方式把握自身经验的一切。南达反问，同那些不懂《吠陀经》知识的人相比，施里达曼是否容易被"轮回"所"迷惑"："在这个些许寂静的地方，你意欲让自己不受制于饥饿、干渴等'六大灾祸'，让自己处于生命静止的中心。所有的寂静以及你在寂静中倾听的事物，都传达着一种信号，即，这里也有许多不寂静之物。你所谓的祥和安静也只是一种虚妄。"基于此，南达追问，若是充分体味周遭生机盎然的生灵万物，施里达曼或许可以更好地了解事物的本质？在此，托马斯·曼抛出的问题是，寂灭感觉和生命意识能否把我们引向真正的涅槃之境，或者，禁欲主义是不是通向涅槃之境的大道？在小说里，作家描写了印度文化中的隐士和禁欲苦修场景，其实，也是对禁欲主义投去探寻的一瞥。

换头之后，因为身体在婚姻与生殖中占据重要位置，丈夫和孩子父亲的身份愈发模糊难辨，无法确定究竟哪一个才是丈夫。困惑不已的三人决定求助于一位名为卡马达马纳的苦行僧，请他做出裁决。于是，三人一起去森林寻找卡马达马纳，作家注意到有许多不同形式的修行，而卡马达马纳实践的是最为严苛的苦修。这类修士竭力收敛感官欲望，与自己的肉体搏斗，苦练瑜伽、禁食斋戒，在酷暑严寒中消耗肉体，直至灵魂与梵天融为一体。他们看见卡马达马纳时，这位圣徒站在泥泞的水池中苦修，脑袋花白，头发乱蓬蓬的，"两只手臂像干枯的树枝一样朝天竖起"。然而，反讽的是，如此苦修的圣徒立即注意到三人之中的西塔，声称只是因为她，才愿意留下他们，他接着盛赞女子的美丽，逐一提到她肉体所有迷人之处，将她称作陷阱和诱惑。显然，因苦修而形容枯槁的智者并未泯灭他感官的灵敏与鉴赏力，也未能寂灭色欲之心，甚至，他从一味苦修中看到某种危险的诱惑，诚如他本人所言："苦行禁欲其实是一个无底洞，它深不可测。因为精神的诱惑与肉体的诱惑是混杂在一起的。"如果说一切生命活动都是意志的表象，如何能断言精神生活彻底抽离经验的内容？在叔本华的哲学体系里，作为自在之物的意志恰恰通过个体身体或生命得以确认和呈现自身，身体或生命同时兼有表象和意志两个面向，这点令精神与肉体的二元对立愈发疑难重重。卡马达马纳显然直觉出生命的复杂性，他有着自己的困惑，也是这种困惑令他愿意贴近尘世的气息。当然，对于谁是西塔的丈夫这个问题，他的裁决更像是开放两种互为冲突的可能：在婚姻中，人们总是将右手伸向新娘，而手属于身体的一部分，那么，拥有丈夫身体的南达应该是丈夫；但鉴于"脑袋在整个身体中，也起着统摄的作用"，拥有丈夫脑袋的那个更有权利被称作丈夫。

无论如何，三人接受了以脑袋为身份标准的裁定，三人之中，获益最大的似乎是西塔，她获得了她所梦想的圆满，同时拥有高贵的理性与健硕的肉体，在她的面前，理性与感性、精神与生活完美融合的美妙境地似乎触手可及。作家形容西塔的幸福是脱离尘世和专属于天堂的，换言之，必然是要幻灭的。当然，对于托马斯·曼这样的作家而言，这也在意料之中，出乎意料的不是幸福的幻灭，而是它幻灭的方式。很快，脑袋互换之后，两人的身体都发生了奇特的变换。施里达曼这方面，由于大脑智性、生活习惯以及环境的影响，原本属于南达的身体不再健壮、富于活力，而是朝着施里达曼以前的身体特征转变，最终又变成了脑袋温顺的附属物。不仅如此，作家指出，施里达曼的脑袋因为已经拥有了南达身体之美，随即失去对美以及对精神之美的追慕，也就是说，这个脑袋所曾拥有的观念或精神也发生了变化，变化的精神状态在肉体上显形，施里达曼的脑袋变得粗笨而富于肉欲感，柔弱化的身体与粗笨化的脑袋怪异地搭配在一起，如今的施里达曼已面目全非。另一方面，做了隐士的南达独自生活在森林里，适度的体力劳动令原先柔弱的身体健壮起来，甚至胸前也长出了一缕"福牛"鬃毛，南达的脑袋和生活方式同化了施里达曼的身体，与此同时，身体和隐修生活也暗中改变了南达的精神和面容，他变得精致了许多。施里达曼和南达的变化足以说明精神性与物质性的相互依存、彼此作用的关系，与其说换头之后的混合体预示精神与肉体融合的可能性，莫若说混合体完美呈现了生命意志的客体化过程，即生命意志通过肉身和生活而展开的自我表达和自我显化的过程，这也意味着超越性的精神追求无法脱离感官、肉身和生活的媒介作用。托马斯·曼以两种美的辩证关系来阐释这一哲学问题，他在小说中援引《吠陀经》的教义："在整个尘世间，我们所能体验到的快乐只有两种，通过身体获得的快乐以及在精神的安宁中体悟的救赎之乐。"两者之间并非是割裂和对立的关系，反之，感性和生命之美可引发对精神之美的追求，最终达成精神与美的结合，呈现出一种完整且完美极乐之感。故事主人公的确在追求一种完整和完美的极乐之感，然而，他们的挫折和错误，尤其是在施里达曼这里，在于预设两者的割裂与独立。错换的脑袋在三人间造成无可逆转的困局，最终三人一同赴死，似乎唯有死亡才能扯掉三人间的死结。西塔的儿子安陀迦生活得体面安逸，20岁就成了贝拿勒斯国王官里的学者，但他的先天近视无疑是一个模糊的隐喻，五色迷离，声色犬马，显然不在他的视线之内。

《错位》繁复的哲学思辨以及观点的铺陈与交锋在一定程度上冲淡了故事本身的恐怖性，一面是哲学思辨制造的间离效应，另一面则是印度神话召唤出的混沌壮阔的宇宙图景，两者构成奇异的反差与对比。生与死、恐怖与仁慈、残暴与恩赐，种种对立与冲突在摩耶的幻生幻灭中不断呈现，又不断湮灭，这是古印度人对于世界与生存的体验，或许，托马斯·曼是试图以异质文化元素来恢复现代人日渐苍白的感受力？如此，它终究是一部值得反复沉吟的作品。

Contents

第一章

苏曼特拉以养牛为生，他是武士的后裔。他的女儿西塔有着曼妙的身姿，很是迷人。她和她两个丈夫（如果可以这样称呼的话）的故事尤为血腥，足以让听众惊掉下巴。听故事的时候，听众除了要具备过人的胆识，还要兼具抵御摩耶[1]恐怖幻相的能力。这就要求，听众应该要以讲述者为榜样，葆有坚韧之心。但是，话又说回来，讲故事

1　摩耶，在印度哲学中意为"幻"或"幻相"。所谓"一切有为法，如梦幻泡影，如露亦如电，应作如是观"，而世界和真实之间，总有一份摩耶，与其说摩耶让真实模糊不清，不如说世界就由摩耶构成。在印度教中，摩耶是"虚幻女神"或"幻相女神"的指代，同时也是湿婆之妻——雪山女神帕尔瓦蒂的化身之一。作为"摩耶之主"，毗湿奴曾借助摩耶之力，一次又一次拯救世界。

往往比听故事需要更大的勇气吧。那么，故事究竟如何，现在请听我
一一道来吧。

人的记忆跃升至心灵的过程，就如同酒和血自下而上，慢慢斟满
祭器的过程。虔诚严肃的父权社会，不曾忘怀原始的祖先。他们的子
民在古代神像面前战栗，以示对女神的向往，表达出敬念之情。朝拜
者的队伍不断壮大，在春天纷纷涌进了这一"世界圣母"的神殿。此时，
有两个年轻小伙子出现在我们眼前。他们分别是18岁的南达和21岁
的施里达曼。两个人的年龄、种姓稍有不同，身形也迥异，但相互之
间却结成了金子般坚韧的友谊。他们选定了一个吉日，在各自的身上
绑扎了神圣的带子，两个人如获新生般正式成为族群的一分子。南达
和施里达曼都住在牛福村，村里有一座寺庙。牛福村的村民之所以定
居在扣萨罗这个地方，主要还是源于神的启示。村子由一道仙人掌和
木墙围着，四面的大门也按照罗盘上的四点排布。村里面还供养着一
个游历四方的高人。这位高人言辞正义，知晓女神的神谕。他告知村民，
只有在门柱和门楣挂满油脂和蜂蜜，神方可赐福。

南达和施里达曼都非常羡慕对方，他们的友谊建立在各自不同的
"自我感觉"之上。"集体"蕴含"个体"，"个体"引起"差异"，"差
异"产生"比较"，"比较"造成"不安"，"不安"导致"惊奇"，"惊奇"
招引"赞赏"，而"赞赏"又产生出"融合"与"统一"的愿望。情况

2

就是这样。只要生活的外衣依然柔美，只要"自我感觉"还能在个体的冲突中焕发生机，这样的"原则"在年轻人当中尤为适用。

施里达曼和他的父亲一样，都是做生意的商人。南达的父亲，叫作加尔嘎。加尔嘎除了在草场和畜栏里养牛，还时常拿着扇子扇火，抡起重锤铸铁。俗话说得好，子承父业。南达也毫不例外地以养牛和干铁匠活为生。施里达曼的父亲是薄婆菩提。可以追溯到的是，他是婆罗门[1]家族的后裔，并且非常精通《吠陀经》[2]。加尔嘎和南达与他们完全不同。这父子俩跟婆罗门没有半点关系，他们只是世俗社会的一分子，

1　婆罗门教是在古印度时期出现的一种宗教，现在被改名为印度教，而具有3000多年历史的种姓制度便源于该教。这一制度将人从高到低分为四个等级，即婆罗门、刹帝利、吠舍和首陀罗。婆罗门作为社会中最高等级氏族，自然享有国家统治权。他们统治的方式比较特殊，是用宗教思想统治人民，因此婆罗门在国家中大多担任祭祀僧侣、学者等职位。在"四大种姓"的基础上，印度还设立"六法"，分别为学习吠陀、教授吠陀、为自己祭祀、为他人祭祀、布施、受施。在"六法"中，教授吠陀、为他人祭祀、受施这三种职位职能由婆罗门担任。

2　《吠陀经》是印度人世代口口相传、长年累月结集而成的典籍，是印度最古老的文献材料和文体形式。它是印度哲学及文学之基础，也是婆罗门教和现代印度教最重要的经典，其主要文体是赞美诗、祈祷文和咒语。"吠陀"又译为"韦达"，是"知识""启示"的意思。《吠陀经》的原本篇幅极长，在传承过程中渐渐被分成《梨俱吠陀》《娑摩吠陀》《耶柔吠陀》《阿闼婆吠陀》四部，这四部《吠陀经》文献合称"本集"，由祭祀仪式中奉献给众神的颂歌构成。"本集"又进一步分类，形成了三种经典：《梵书》《森林书》《奥义书》。

甚至连首陀罗¹也不是。在薄婆菩提看来，婆罗门只是他记忆深处一个念想而已。早在薄婆菩提的父亲当"一家之长"的时候，就已经把这种制度抛在脑后了。尽管他也有过潜修的经历，但最终并没有隐于深山，也未能完成禁欲苦行的使命。他甚至对于凭借专门研究《吠陀经》来靠着信徒施舍过活的这件事，完全不屑一顾。在他看来，他能够很好地经营自己的软薄布、丝绸、印花棉布、樟脑以及檀香生意，也足够以此为生。尽管薄婆菩提当时为了敬神祭祀才要了孩子，但自己却在牛福村当起了商人。施里达曼走过父亲曾走过的轨迹。父子俩都在宗教导师那里潜心多年，都曾修读过文法、天文和本体论的知识。

对于加尔嘎的儿子南达来说，他的命运却大有不同。由于并不受制于传统信仰和遗传因素的"束缚"，因此，他也不用被迫从事"脑力"劳动。他就是一个简单快乐的普通人而已。如同黑天²一样，他有一身

---

1 作为印度种姓制度"四大种姓"中地位最低之阶级，首陀罗相传是梵天用脚创造的。这个种姓的人是被雅利安国家统治者所征服的罗毗荼人，少部分是因破产而失去平民地位的雅利安人。他们无任何政治权利，从事繁重的劳动，或为婆罗门、刹帝利、吠舍三个种姓服役。现如今，首陀罗仍存在于印度社会之中。

2 黑天，又称克利须那神，是印度神话中婆苏提婆和提婆吉之子，也是印度教诸神中最广受崇拜的一位神祇。他被视为毗湿奴的第八个化身，是"诸神之首""世界之主"。根据相关推测，黑天的"黑"是其形象的南印度达罗毗荼人出身的证明。黑天的肤色为深蓝或深紫色，如同解救致命干旱的雨云颜色。

黑皮肤，也长着一头黑发。在他的胸前，还有一缕"福牛"的毛发。他经常干铁匠活，所以练就了强壮有力的臂膀。他时常在山坡上放牛，也增强了自己的体格优势。他有着健硕的身形，总是爱往身上涂抹芥末油，还喜欢佩戴金饰和花环。这一切都和他那张无须且和蔼可亲的脸颊相得益彰，即便长着厚嘴唇和山羊鼻也无妨。这样看起来，他还是有点魅力的呢。还不止这些，他的黑眼睛也总是冲大家笑眯眯地闪烁着。

施里达曼非常羡慕南达的身体特征，也总是喜欢和南达对比一番。他的肤色倒是比南达要浅一些，脸型却不及南达。他的鼻梁像刀片一样薄，瞳孔和眼睑很是细嫩，脸颊上还长有柔软的扇形胡须。终究是没有经过铁匠活和放牧的历练，所以他的肢体明显柔弱了许多。他看起来倒像是婆罗门僧侣或者书生：胸膛柔滑窄小，小腹有些肥胖。虽说是这样，但他的膝关节和脚部却无可挑剔。作为其高贵博学的脑袋的附属物，施里达曼的身体倒成了次要的东西了，它主要为脑袋服务。与之相反，南达的脑袋虽然也是身体的附属物，但却十分讨喜。

总之，这俩人就像湿婆的两种化身：有时像一个留有胡须的苦行僧，在女神脚下不作声响地跪拜；有时像一个朝气蓬勃的年轻人，展开有力的四肢，站起身来朝向女神。

湿婆[1]是关涉生与死、世俗与永生为一体的神灵。施里达曼和南达毕竟不是一体的化身，他们只是世俗世界中的两个不同的个体，双方就像是各自的投射。他们都厌倦了自我。虽然都意识到世间万物都有缺陷，但是各自的不同之处着实让对方心驰神往。

　　拥有纤薄嘴唇和柔软胡须的施里达曼，渴望厚嘴唇南达身上的那种黑天式的原始粗野。对于施里达曼的爱慕，南达多少有点受宠若惊，但他对施里达曼浅色的皮肤、高贵的脑袋以及得体的措辞印象更为深刻。当然，施里达曼的这些品行从一开始就与智性和哲思挂钩，并且已经合为一体了。在南达看来，能与施里达曼交往是一件非常开心的事情。由此，他们也成了无话不谈的密友。

　　这两个好朋友在倾慕对方的时候，言语中也时常伴有诙谐的玩笑。施里达曼丰满圆润的身形、瘦削的鼻梁以及拘谨沉稳的措辞倒成了南达调侃的对象，施里达曼也总拿南达的山羊鼻和淳朴粗野的本性来寻开心。

1　湿婆，是印度教三大主神之一，也被称为"毁灭之神"。前身是印度河文明时代的生殖之神"兽主"和吠陀风暴之神楼陀罗，兼具生殖与毁灭、创造与破坏双重性格，呈现各种奇谲怪诞的不同相貌。他主要有林伽（男根）相、恐怖相、温柔相、超人相、三面相、舞王相、璃伽之主相、半女之主相等变相，而林伽是湿婆的最基本象征。和神话中诸多神一样，由于湿婆的全知全能性，因此湿婆的性别并不固定，而是根据相的不同随时变化。

实际上,这种私下的嘲讽表征出了"不安"的心境,而两人之间的"比较"引起了这种"不安"。同时，它也是"自我感觉"的某种投射，并不会削弱由此产生的对于摩耶幻相的渴望之情。

第二章

在一个鸟语花香、阳光明媚的春日里，南达和施里达曼一起在郊外徒步行走。在此期间，两个人都有各自的差事要做。南达的父亲加尔嘎让他从那些地位低下的贱民[1]那里买一定数量的黑铁矿。这些贱民往往都围着草裙，他们非常擅长炼铁，南达也知道在生意上如何很好地与他们打交道。从南达和施里达曼所在的村庄出发，大概需要几天

---

[1]　在印度种姓制度中，贱民不属于四种阶级，其被看作是低于四种阶级的人。大多数贱民是因为与不同阶级的人结婚而沦为贱民的，或是跨种姓婚姻的后人。还需要注意的是，不论男女结合的双方原来的种姓为何，只要其中一方为贱民，其后裔皆为贱民。

的路程可以到达那些人住的小土屋。那里位于人口稠密的因陀罗补罗湿多北部的亚穆纳河[1]河畔，离库鲁舍特拉也不远。其实，施里达曼也有自己的事情要做。他要去找一个和家族有生意往来的朋友。这个朋友也深谙做"家长"之道，而没有进一步苦修婆罗门。施里达曼把村里女人织的花布以最优惠的价钱卖给他，换取了一批舂米杵和实用的火绒。这些都是牛福村村民的生活必需品。

南达和施里达曼已经走了一天半的路。他们沿途既踏过了人流密集的大路，也穿过人迹罕至的森林和荒野。这两人的肩头上都扛着自己的东西。南达带了一个箱子，里面不仅装有槟榔、子安贝，还有一些能够涂在树皮上染脚底的红染料。他打算用这些物品从贱民那里换取矿石。施里达曼带的花布被缝在了一张母鹿皮里。兄弟俩关系不错，所以南达时不时地帮施里达曼扛花布。他们现在来到一处圣洁的浴场，这里供奉着卡利[2]女神。卡利女神能包罗万物。她是"万物之母"，也

1　亚穆纳河，又名朱木纳河、阎牟那河，是印度北部主要河流之一，同时也是恒河最长的支流，全长1370公里。该河起源于北阿坎德邦的喜马拉雅山冰川，在安拉哈巴德注入恒河。

2　卡利，又称迦梨，是湿婆之妻——雪山女神帕尔瓦蒂的化身之一。卡利女神的肤色黝黑、青面獠牙，面容十分凶然，额头和湿婆一样有第三只眼睛。她的四只手臂分持武器，戴着蛇和骷髅的项链，舌头上滴着血。虽然卡利最初作为灭绝化身出现仍然有相当影响，但有时会将她的角色延伸为最高存在和生命起源，甚至被视为正直慈善的母神。

是毗湿奴[1]的如梦醉态。浴场位于金蝇河畔。可以看到，从山上奔涌下来的水流，像一匹欢愉的小马驹。而浴场舒缓了它的流速，水流与亚穆纳河汇聚在这个神圣的地方。水流不断涌动，又在更加圣洁的地方，与永恒的恒河交融，恒河也最终流向大海。这些浴场名声在外，能够帮助沐浴的人清除污秽。他们通过饮用"生命之水"，并且让身体浸入水中，从而获得新生。浴场不仅遍及恒河的岸边和河口处，还分布在其他河流与这条"尘世的银河"的连接处，比如，从雪山流出的水流所形成的金蝇河与亚穆纳河的交汇处。随处可见的浴场，为人们献祭和举行宗教仪式提供便利。由于还砌有神圣的台阶，虔敬者可以庄重地走下台阶，得体恭敬地穿过水草和荷花，在水中汲取圣水、净身沐浴。

这两个小伙子所发现的这个浴场不属于那种祭品丰盛、效果灵验之所，也并非人们（不论是达官贵人，还是平民百姓）在不同的时间段所热衷的朝拜之地。相反，它是一个静谧、偏僻的小浴场，甚至不

1　毗湿奴，也译为毗纽教，是印度教"三相神"（印度教的"三位一体"，即以梵天、毗湿奴和湿婆分别代表天帝的各种宇宙功能）之一。如果梵天主管"创造"、湿婆主掌"毁灭"，那么毗湿奴即是"维护"之神。传说，毗湿奴躺在大蛇阿南塔盘绕如床的身上沉睡，在宇宙之海上漂浮。每当宇宙循环的周期一劫之始，毗湿奴一觉醒来，从他的肚脐里长出的一朵莲花中诞生的梵天就开始创造世界，而在一劫之末，湿婆又毁灭世界。毗湿奴反复沉睡、苏醒，宇宙不断循环、更新。

属于河流的交汇之地，只是紧靠在金蝇河岸旁的某个位置。河岸的山坡处有一座木头搭建的小寺庙，里面刻着精美的图案，但寺庙已经破败不堪了。寺庙供奉的是掌管愿望与快乐的女神，内殿之上还有一个塔楼。通向内殿的台阶是木制的。虽然这些台阶已经断裂发朽，但还可以体面地让人通过。

南达和施里达曼难掩喜悦之情。在这里，他们不但可以虔诚祝祷、敬念神祇，还可以休憩乘凉。夏天提前到来，现在正值中午，酷热难耐。寺庙的两侧，长满了杧果、柚木、卡丹巴树[1]、木兰、柽柳以及棕榈。南达和施里达曼可以在树荫下愉悦地享用早餐，也可以美美地小憩一番。在条件允许的情况下，他们还第一次履行了宗教义务。这里没有僧侣，所以他们也无从买到香油或醍醐，更无法在石像的男性生殖器上涂抹。而石像就屹立在寺庙前的小块台地上。他们找到了一把长柄勺，从河里舀水，嘴里还念叨着合适的经文，来完成这项宗教仪式，然后双手合十，走向绿色的河水。只见他们在河面汲取河水，然后跳入水中洗涤身体，最后感恩致谢。两个人出于好玩，待在水里的时间稍长于纯

1　卡丹巴树，俗称"团花树"，因其树冠层叠生长，如同宇宙中的星系。公元450年，在古印度卡丹巴王朝，此树成为王室圣树。因其木质细腻，可用于制成纸张；其叶可杀菌消炎；其木可与檀香混合制成香水；其花也具有很高的药用价值。在印度的宗教中，卡丹巴树代表着美好与爱，同时传说它也是须弥陀佛成道的地方，寓意着神奇力量。

11

粹为了宗教仪式而洗涤的时间。当认为自己的全身都已经得到了净化，他们才返回树下，来到之前所选定的休憩处。

此刻，他们亲如兄弟。尽管两人所带的干粮没什么区别，完全可以吃自己的那一份，但双方都乐意分享自己的食物。南达把大麦饼掰开了一半，直接递给施里达曼，并说道："拿着，我的好兄弟。"施里达曼切开了一个果子，给了南达一半，也说着同样的话。草地翠绿如茵，没有一丝被太阳灼伤的痕迹。施里达曼侧坐在草地上用餐，食物、腿和膝盖都收放在了身体的一侧。南达则大大咧咧地坐着，只见他抬高膝盖，脚在前面放着。如果不是与生俱来的习性，谁也不习惯这样久坐。他们两个人或许都没有意识到自己的坐姿。因为但凡留意到了，那么渴望原始粗野本性的施里达曼将会把膝盖抬高；同样，南达也会背离原有的想法而侧坐一旁。南达的头发乌黑顺滑，刚刚沐浴后还未干透。他戴了一顶小帽，围了一个白色棉质腰布，双臂都佩戴着镯子，脖子上挂着一条由金线穿成的珍珠宝石项链。项链能够映衬出胸前的那缕"福牛"毛发。施里达曼的头上缠着一块白布帕子，身上穿着白色棉质短袖罩衫，罩衫完全盖住了他那看起来像裤子的垂褶衣。罩衫的领口处挂着一条细链，上面系着一个装有护身符的小袋子。他们还用白色的矿物颜料在额头上画出了信仰符号。

用餐过后，他们把吃剩的东西收好，便开始闲谈起来。这里景色太舒适宜人了，恐怕连王公贵族都找不到比这儿更好的去处了吧。透过菖蒲和竹子那高高的枝干，他们能够看到河面和河边的台阶，枝叶和花簇也在沙沙作响。这里的水生植物吊在一个个树杈上，形成了好看的花环形状。他们虽看不见飞鸟的踪迹，但啁啾声和唧啾声依然不绝于耳。草地上开着小野花，昆虫在上面飞来飞去，发出嗡嗡声。鸟儿和昆虫的叫声混杂在一起。所有的植物都散发出既清新又温馨的气息，茉莉花的香气扑鼻，树上果子散发出的特殊芳香别有一番韵味。不仅如此，他们还能闻到檀香。由于南达在沐浴完之后擦了芥末油，所以空气中还不时会飘来芥末油的味道。

"此刻，我们仿佛脱离了饥饿、干渴、衰老、死亡、苦痛和迷惘这'六种灾祸'的藩篱，"施里达曼不禁感叹一番，"这里出奇地静谧。我们好像从烦扰的尘世旋涡，来到了静止的中心，此刻倒可以深吸一口气。听！这里多么舒适和寂静啊。我用了'寂静'这个词，因为我们在倾听的时候，总是需要寂静的环境。或者说，有寂静，才有倾听。寂静能够让我们聆听到周围的动静。它仿佛在梦中向我诉说，我们也像是在梦中倾听。"

"真的就像你说的那样，"南达说道，"在喧闹的集市里，我们没办法倾听，只有在寂静的地方才可以。但是，完全的寂静无声，恐怕也只有涅槃[1]了。所以，你也不能说它是‘舒适’的。”

“我不能苟同，”施里达曼不禁笑了出来，他开始反驳道，“好像并没有人用‘不舒适’来形容涅槃吧。你说人们不能那样做时，在某种程度上你却那样做了，哪怕你用了一种否定的方式。你从那么多的否定表达中找到了最为滑稽的一种，就像你刚才形容涅槃的那样。你经常使用这种机灵的表达。我用‘机灵’来形容既滑稽可笑又合乎常理的事物。我对此很感兴趣，它让我的隔膜突然收紧，像在抽泣一般。此刻，我们能够感受到，笑与哭是多么相近啊。在快乐与痛苦之间会做出这样的区分：肯定一个，否定另一个。这个幻相产生的前提是，只有两者同时共存的时候才能说孰好孰坏。其实，笑与哭之间还是有联系的，很多人在生活中已经深有感触，有一个叫‘感动’的词便是其中一例。它表示出一种‘快乐的怜悯’的情绪，而我的隔膜像抽泣般收紧，就是由某种感动而来的。现在，我还是想指出来，你的‘机灵’冒犯了我。”

“我怎么冒犯你了？”南达问道。

“因为你本是轮回中的孩子，完全与生命为伴。”施里达曼回答说，

1　涅槃，是梵语的音译，指的是佛教全部修习所要达到的最高理想，一般代表的是熄灭生死轮回后的境界。在此境界中，贪、嗔、痴与以经验为根据的我亦已灭尽，达到寂静、安稳和常在。

"有些人渴望从'哭'与'笑'的可怕海洋中浮出水面，这些人梦想像莲花一样朝天绽放。你却不愿这样做。你觉得在深水处尤为舒服，周围总是些错综复杂的形象和伪装。你非常惬意自在，以至于别人看到你的时候，也同样会感到惬意自在。然而，你的脑海中突然出现了涅槃，用否定的方式发表了见解，用'不舒适'这个词来形容它。这实在让人泪目。为此换个特定的词，就是令人'感动'，让我对你那看起来十分健硕的体格感到遗憾。"

"好吧，你要听我说。"南达驳斥道，"我不明白。因为我是轮回中的一员，也不能当一朵莲花，所以你感到遗憾，是这样吧。我对涅槃感兴趣，冒犯到你了，我很抱歉。但我想跟你说，你同样冒犯到我了。"

"我冒犯到你？为什么呢？"施里达曼疑惑地问道。

"你以前读过《吠陀经》，所以你对事物的本质有所了解。"南达说着，"可是，同那些不懂这些知识的人相比，你更容易被'轮回'所'迷惑'。此刻，它引起了我的某种情感，就像你说的那样，让我感到'快乐的怜悯'。在这个些许寂静的地方，你意欲让自己不受制于饥饿、干渴等'六大灾祸'，让自己处于生命静止的中心。所有的寂静以及你在寂静中倾听的事物，都传达着一种信号，即，这里也有许多不寂静之物。你所谓的祥和安静也只是一种虚妄。小鸟咕咕地叫是为了求爱，蜜蜂、昆虫和金龟子的疾飞是为了觅食。草丛里伴有我们很难察觉的各种生

15

存竞争。为了茁壮生长，藤本植物灵巧地攀爬着树干。它们占有树的汁液，剥夺树的呼吸。如果你能察觉到的话，你才会对事物的本质有所了解。"

"我很清楚这些，"施里达曼说道，"我没有被迷惑到，哪怕一瞬间也没有。我是自愿这样做的。大脑可以对真理和知识进行理性判断，内心也可以体验和洞察。这就相当于，我们可以阅览所有事物的表象，也可以读懂更深层的内涵。以此为方式，我们还能够看到纯粹的精神要义。如果你没有在摩耶幻境中设想这一切（尽管摩耶幻境本身是与静谧和快乐绝缘的），那么你如何感受静谧呢？又是如何在冲突中体验静止的快乐的呢？由于人们被允许这样做，即，利用现实世界来体悟真理，于是，他们就创造出了'诗歌'这个词，来说明这种状况。"

"啊，这就是你想说的？"南达笑了，"听你这么说，好像诗歌也是从'机灵'中孕育出的'愚蠢'之物。如果一个人是傻子，那么有必要去问一下他，现在是否依然呆傻，或者以后是否想继续当一个傻子。我不得不承认，你们这些聪明人让我们这些傻人活得很有压力。在我看来，成为一个聪明的人很重要，但是在变聪明之前，你会发现更为重要的是继续当一个傻子。你不应该给我们指引新的目标，也不应该诱使我们跨更高的台阶。这样会让我们在登第一级的时候就失去信心。"

"实际上，"施里达曼解释道，"我也并没有说，人必须要变聪明。

来吧，反正已经吃过饭了，不妨平躺在舒服的草坪上，透过树枝看看天空吧。这是绝佳的体验，没有人强迫我们抬头仰望。我们的眼睛不自觉地望向天空，如同大地母亲映着天空那样。"

"锡亚，是这样啊！"南达也赞同。"应该是锡亚特[1]！"施里达曼纠正了南达错误的读法。两人都笑了。"锡亚特，锡亚特！"南达重复道，"你这个吹毛求疵的家伙，就别挑毛病了。我说梵语的时候，听起来就像是小牛犊在喘着鼻息，而它的鼻子里还穿着绳子。"

听了这个接地气的比喻，施里达曼开怀大笑起来。此刻，两个人就按照先前施里达曼的提议，在草地上平躺下来，透过摇曳的枝杈和花丛，望向毗湿奴那湛蓝的天空。他们用断折的树枝来驱赶那些红白相间的苍蝇。这些苍蝇被称为"因陀罗[2]之子"，它们总是借机落在这两个人的身上。出于温厚善良的本性，南达不想效仿大地母亲那样平躺着仰望天空，于是，不一会儿便又坐了起来。只见他调整成了达罗

1　施里达曼所言的"锡亚特"是对前一句南达所说的"锡亚"的纠正，该词有"肯定"或"确定"之意。

2　因陀罗，是印度神话中的"雷电之神"，后发展成"战神"，通常手执金刚杵、乘车作战。其最大战绩是杀死蛇妖弗栗多，劈山引水。他还攻破很多城堡，其中属于弗栗多的就有99座。他作为氏族保护神与另一氏族保护神伐楼拿争夺统治地位而获胜，其后两个氏族联合，后伐楼拿逐渐衰微，因陀罗取得完全的统治地位，被尊为"宇宙之王""众神之王"。作为吠陀神话中最重要的神之一，仅《梨俱吠陀》中就有二百五十首颂诗赞颂因陀罗的神力。

17

毗荼人¹的坐姿，嘴里还叼着一朵花。

"这个'因陀罗之子'真烦人。"南达抱怨着。在这里，他把许多飞舞的苍蝇看作一个单数的个体。"很可能，它是觊觎我身上好闻的芥末油，也大概是受命于骑象的守护神。也就是说，它领受了伟大的'雷电之神'的任务来折磨和惩罚我们，你或许知道原因所在吧。"

"这应该与你无关吧，"施里达曼回应道，"去年秋天，我们按照老传统，或者说按照比较新的方式，遵照宗教仪式和婆罗门教规来庆祝因陀罗感恩节²。即使在商议后决定放弃感恩因陀罗，去奉行一种比较

1　达罗毗荼人，又称德拉维达人，是对南亚使用达罗毗荼语系诸语言各民族的统称。达罗毗荼人的外观特征为：长脸、中等身材、卷发呈黑色、唇薄、皮肤为浅褐色。达罗毗荼人主要分布在印度、斯里兰卡和巴基斯坦，属于欧罗巴人种与尼格罗—澳大利亚人种的混合人种类型。

2　因陀罗感恩节，又称因陀罗节，是在每年公历九月举行的盛大节日。传说，身为天国主宰及雨神的因陀罗有一回从谷地里的花园偷了花，像普通小贼一样被囚禁起来，而他的坐骑——那匹神象不分昼夜地搜寻加德满都的街道，找寻主人。因陀罗的母亲及时从天国下来，承诺带着那些去年死去的亡魂回到天国，并答允尽施露水和朝露，好加速秋冬雨季农作的成熟。于是，因陀罗节就成为人们向因陀罗和其母祈求丰收及纪念这一年刚刚去世的死者的节日。节日里，一般首先会举行竖立因陀罗旗杆（经过密宗仪式并修饰过的一棵树干）的仪式，"活女神"库玛丽（女神在地面的代言人，代表纯洁、神圣和权力）将乘坐华贵的彩车出巡，人们会戴上传统的面具载歌载舞。热烈的节日一般持续八天，在第八天夜晚会举行放倒因陀罗旗杆的宗教仪式，众人将因陀罗旗杆抬到河边焚成灰烬，因陀罗节也同时宣告结束。

新颖的，也可以说是更原始的信仰，后续的事情依然与你无关。实际上，这更适用于我们乡下人的信仰，总比遵循婆罗门的礼仪，对因陀罗这个'雷雨之神'或'城堡破坏者'絮絮叨叨更合适吧。"

"如你所言，确实是这样，"南达说道，"我现在依旧战战兢兢。我虽然在树下对因陀罗指指点点，但他才不会在意这些琐事。如果失去这样的节日，要对整个牛福村负责的是我们。我不知道人们是如何产生这种想法的。他们认为因陀罗感恩节不合时宜，至少对牧民和农民来说已不再合适。他们想要简化敬神的仪式，还口口声声地质问，伟大的因陀罗跟他们有什么关系呢？可以看到，那些熟知《吠陀经》的婆罗门教徒，总是诵念着没完没了的经文供奉着他。实际上，我们想要祭拜的却是牛群、山脉和森林草场，它们才是实实在在的神灵，才是适合我们供奉的神灵。

"好像在因陀罗最先攻入'城堡'之前，我们就是这样想的。即便我们不知道该如何做，我们就已经这样想了，至少'心灵'已经告诉我们了。我们要用虔诚的礼仪来祭拜郊外的光明峰及其牧场。这些礼仪从心灵的回忆中再次被唤醒了，时至今日依然不过时。我们要向光明峰献祭肥美洁净的畜群、酸奶、鲜花、果子和稻米。成群的奶牛由秋天的花环装扮着，只见它们遍布山间，右侧朝向光明峰。伴随着阴雨密布的雷电声，许多公牛朝着光明峰吼叫。这种拜山仪式，过去曾有过，现在依然时兴。为了让婆罗门教徒不再反对，我们将要供养他们。这些人有好几百人之多。我们从畜群中收集牛奶，教徒可以用乳酪和牛奶饭填饱肚子。这样，他们就心满意足了。

"很多人在树下讨论，有的人同意这样做，有的人不同意。我从一开始就不支持拜山，因为我还是对因陀罗充满敬畏之情，毕竟是他攻入了恶魔的城堡。我并不赞同这件事，因为没有人知道是否妥当。但是你用'纯粹'和'得体'的话表态，你说你反对因陀罗，赞成新形式的庆祝仪式，主张重新恢复拜山活动。我当时默不作声。我在想，如果那些有学识的人都反对因陀罗而赞同简化祭拜，那么我们也没什么可说的。现在只希望这个伟大的神——'城堡破坏者'，能够看在我们供养许多婆罗门教徒的分上，给予我们些许谅解，不要用干旱和雨涝来惩罚我们。

"我猜测，他可能已经对自己的节日感到厌倦了，可能也想感受一下民众拜山和牛群环山的乐趣吧。我们这些普通人，以前对他还心存敬畏，但现在也不怎么害怕他了。最终，我完全喜欢上了这个新的庆祝仪式，也很乐意帮忙把那些戴着花环的母牛赶到山上、绕山而走。回想刚才，你还在纠正我的古印地语方言'锡亚特'，现在话锋一转，你却用文雅得体的用词来为简化祭拜辩护。这两者的反差，别提有多滑稽了。"

"你无须指责我，"施里达曼说道，"用通俗的语言维护婆罗门仪式，你会乐在其中。但是我想说的是，如果用正确文雅的用语为普通人说话，会让人更高兴的。"

第三章

两个人都沉默了一会儿。施里达曼继续躺着，只见他一动不动地望向天空。南达用他那健硕的手臂抱着膝，眼睛穿过斜坡旁的树林，向卡利女神的浴场望去。

"嘘！眼前的场景犹如雷电一般，光彩照人啊！"他突然低语，把手指放在自己的厚嘴唇上，"我的好兄弟施里达曼，你赶紧起身好好端详一番吧。我指的是，那里有女子正在沐浴。睁大眼睛去看看，哪怕费点事也是值得的。她看不到我们，我们倒是能看到她。"

此刻，他们看到一个年轻的少女站在这个偏僻的浴场，正打算沐浴净身。她把莎丽[1]和紧身胸衣放在了台阶上。除了脖子上戴着的串珠、摇晃的耳环以及浓密头发上扎着的白色发带之外，这个少女几乎裸身站在水中。她那娇柔的身姿，耀眼夺目，实在是美丽动人。她看起来如同摩耶的虚幻之物，有着黑白适中的迷人肤色，恰如一尊发着金光的青铜艺术品。想必只有按照梵天[2]的意志，才能塑造出这个无可挑剔的身形吧。少女有着柔嫩的香肩、优美的腰线、凹凸的盆腔、挺拔的酥胸以及丰腴的翘臀，臀部往上有着修长的美背。她的曲线如此柔软！当她抬起纤细的手臂，暗黑色的娇嫩腋窝显露无遗。她的酥胸让人眼花缭乱，优雅的臀部和纤细柔美的后背也相得益彰。这最能体现出梵天的想法，实在让人印象深刻啊。她臀部那值得称颂的弧形与腰部那精致的凹线形成了鲜明对比。记得因陀罗曾把天上的仙女普拉姆洛派到伟大的苦修者坎度身边，只为阻止坎度通过修行获得神力。毋庸置疑，眼前的这个少女也可媲美那位仙女吧！

1　莎丽，又称纱丽，是印度、孟加拉国、巴基斯坦、尼泊尔、斯里兰卡等国妇女的一种传统服装，主要材料为丝绸。莎丽通常围在妇女长及足踝的衬裙上，从腰部围到脚跟成筒裙状，然后将末端下摆披搭在左肩或右肩。莎丽一般长5.5米，宽1.25米，两侧有绲边，上面有刺绣。

2　梵天，又称造书天、婆罗贺摩天、净天，是印度教的创造之神，也是梵文字母的创制者。他的坐骑为孔雀（或天鹅），配偶为"智慧女神"，故梵天也常被认为是"智慧之神"。可是，在印度几万座印度教寺庙中供奉梵天的寺庙却极为少见。

"别看了，咱们还是走吧。"施里达曼说道。他虽然坐起来了，但眼睛还是离不开那个少女。"我们可以看见她，但她看不见我们，我觉得这样不妥。"

"没什么不妥的。"南达小声地回应道，"是我们最先到这儿来享受静谧时光的。眼前无论出现什么景象，也不是咱们能控制得了的。我觉得，咱们还是静观其变、岿然不动吧。如果咱们两个人贸然离开，一起走动的时候，草丛里面不可避免地会有响动声。到时候让她发觉有人在暗处偷看她了，而她却看不到我们，那也太不厚道了吧，对她也不公平啊！此刻，我倒是看得乐此不疲，你不也是吗？你看看，你的眼睛现在红得发光，好像在聚精会神地诵读《梨俱吠陀》[1]里面的一些诗章呢。"

"小声点儿！"施里达曼转而劝告他，"严肃一点吧。矗立在我们眼前的是一个肃穆、圣洁的少女。如果我们的思想是严肃和虔诚的，那么即便是在行偷窥之事，我们也是可以被饶恕的。"

"是的，也确实是这样。"南达答道，"这可不是开玩笑的。虽说是这样，但随心所欲地说话，确实很快乐啊。你躺在平坦的大地上试图

---

1 《梨俱吠陀》，全名《梨俱吠陀本集》。它是《吠陀经》中最重要的一部作品，也是印度现存最古老的诗集。它的内容包括神话传说、对自然现象和社会现象的描绘与解释，以及与祭祀有关的内容。

仰望天空，但有时只有站起身来、直视前方才能看到真正的天际。"

他们沉默不语，一动不动地望着那里。这尊发着金光的青铜少女依旧像之前一样。此刻的她，双手合十，正在做沐浴之前的祷告。

虽然从一侧并不能看清少女的全貌，但少女的身姿以及镶嵌在摇晃耳环之间的那张脸庞，着实甜美。除了小鼻子、嘴唇以及眉毛，她那双像莲瓣一样的细长双眼，尤为如此。当她的头微微一转，这两个人吓了一跳，还以为少女发现了他们。在他们看来，这个迷人的身形哪怕搭配一张丑陋的脸庞，也并不会黯然失色。事实上，她的脸和身体相得益彰，甜美的脸庞可以映现出身姿的优美。

"我认得她！"南达突然小声地嘀咕。他一边说着，一边打了个响指。"现在我能够认出她了，刚才我似乎没怎么注意。她叫西塔，是苏曼特拉的女儿，就住在离这儿不远的野牛村。很显然，她是从那里来这儿沐浴的。为什么我刚才没认出来呢？我以前还给她荡过秋千呢。"

"你给她荡过秋千？"施里达曼伴着低沉而急切的口气问道。南达这样回答：

"是啊！我用我那健硕的臂膀给她荡过秋千，面前还有很多人看呢。如果她衣冠整齐地站在我面前，我应该一眼能认出她。试问，谁又能够一眼辨认出一个赤裸的人呢？她就是野牛村的西塔！我记得去年春天，我去看望我的姑妈，当时正赶上太阳节的祝祷仪式，但是她却……"

"以后有时间，你再继续讲吧。"施里达曼充满不安地用低沉的声音打断了他，"能够近距离见到她，何其幸运。但如果她听见了我们刚才的话，也就算不得一件幸事了。我们还是别说了，要是吓到她就不好了。"

"如果受到惊吓，她肯定会跑掉的，到时候你就看不到她了。看样子，你还没看够吧。"南达打趣道。他们默默地蹲坐在那里，看着西塔沐浴净身。在她完成祈祷之后，只见她脸朝向天空，慢慢地走入水中舀水、喝水，一气呵成。紧接着，身体浸入水中直至浸没头顶，手也放在了头上。随后，她又浮出水面。不一会儿，沐浴完毕。她便上了岸，但身上还淌着水。现在的她，如出水芙蓉一般，清爽洁净、美丽动人。这两个人并不满足于自己的眼福。上了岸的少女，坐在台阶上，在阳光下晒干身体。她误以为这里只有她一个人，便依仗着自己的天生魅力，摆出一个个讨人喜欢的姿态。片刻之后，她不紧不慢地穿好衣服，消失在庙宇的台阶中。

"好吧，现在什么也看不了了。"南达说道，"咱们现在至少能够随意说话了，也可以自在走动了。长时间地佯装没人的样子，真是累得慌啊。"

"实在想不通，你为什么会感觉很累？"施里达曼反驳了对方，"难道我们沉醉在这样美妙的状态中，不是一件开心的事情吗？我刚才想全程屏住呼吸的，并不是担心看不见她，而是害怕打破了她孑然一身的想象。我一直在颤抖，深感自己负有的神圣职责。刚刚你说她叫西塔，对吧？我很高兴能够知道这一点，也很荣幸地叫出她的名字。这也许能够减轻我对她的冒犯。我很好奇，你是通过荡秋千认识西塔的吗？"

"我刚才不是已经跟你说过了吗？"南达坚定地说着，"去年夏天，她被选中作为'太阳少女'。那时，我正好在他们村子，在阳光下给她荡了秋千。秋千直入云霄，甚至可以掩盖她的尖叫声，也可能她的尖叫声已经被人群的尖叫声淹没了吧。"

"你的运气真不赖啊！"施里达曼感叹道，"好运总是围着你转。他们肯定是看中了你那壮实的胳膊，才让你给她荡秋千的吧。我能够想象，秋千是如何升起来直入云霄的，她荡秋千的画面与刚刚站在那里如雕塑一般躬身祈祷的场景，抑或说，现实的场景与想象的画面，俨然融合在了一起。"

"无论如何，"南达说，"她还是'有理由'进行必要的祈祷和忏悔的。你知道为什么吗？因为她是个善良端庄的好姑娘，所以肯定不是因为她的品行，而是因为她的容颜。的确，这也不是她能左右的，但是严格来说，她还得为此负一定责任。谁让她拥有这样一个令人着迷的身形呢？可是，为什么会令人着迷呢？因为我们被吸引住了，像俘虏一样困限于快乐和欲望的世界。那些观看者深陷于轮回的陷阱，他们就

27

像失去了呼吸那样，被剥夺了个人意识。尽管并非出自她本人的意图，但这都是她造成的后果。她双眼细长，如同莲瓣一般，这让人怀疑她是否有意而为？可能人们会说，上帝赐予了她那娇美的身形，接不接受也由不得她，所以她不需要去忏悔。实际上，有很多事例表明，'赐予'与'接受'并非泾渭分明，两者也无本质区别。她可能知道这一点，也许是为她的'迷人'而忏悔祈祷吧。看样子，她已经接受了自己的身形。她并不像其他人那样只是被动地接受这种赐予，相反，她是主动地在接受。可是，沐浴净身也不能改变什么。看吧，她迷人的身形又在我面前出现了。"

"你何必要说得那么难听呢？"施里达曼情绪激动地斥责着南达，"你面对的是这样一个娇柔神圣的少女啊。我承认你对形而上的哲学知识有所了解，但不得不说，你刚才的话有失分寸。我能够感受到，你的粗俗话语与这个少女一点也不搭。因为谈论每一种事物的时候，都得要和当场看时的想法相一致。"

南达对于施里达曼的指责也是虚心接受。

"哥们，那你得教教我，"南达恳求着施里达曼，"你看西塔的时候，心里是怎么想的？我看的时候，又该怎么想呢？"

"你瞧，"施里达曼回应道，"所有的人都有两种存在：一种是为了他们自己，另一种是为了别人眼中的自己。前者就是个体本身，后者是'被看到'的个体，他们分别属于'心灵'和'外形'。如果只有外形对别人产生影响，心灵却没有，也终究上不了台面。看到讨厌的乞丐时，人们总是想要克服憎恶之感，这或许是必要的。话虽如此，我们也不能只是停留在让事物作用于眼睛和感官之上吧，它们对我们产生的影响终究是表象，而不是本质。因此，我们要找寻每一种表象背后的真理，真理往往比表象更复杂。我们还要去发现表象背后的心灵存在。我们不要陷入由别人的悲惨境遇所生发出的憎恶之情的沟壑里，也不要沉迷于由别人的美貌所引起的欲望之情的泥潭里。后者比前者能引起更强烈的情感冲动，心灵也同样比表象更复杂。也就是说，由美貌所引起的情感冲动似乎并不需要对我们的'良知'提出要求，也不需要进入我们的心灵，但是在同等情形下，由乞丐的悲惨境遇所生发的情感却对两方提出了要求。如果我们在看她的时候只是为了一饱眼福，而没有探讨她的存在，我们会感到愧疚。如果我们看她的时候，她并未发觉，这同样会加重我们的愧疚感。南达，我想说的是，你刚才认出了我们所偷窥的少女，她正是苏曼特拉的女儿西塔。这对我们来说再好不过了。这能让我们看到超越她的'外形'之外的东西，因为名字不仅隶属于本相，同时也是心灵的一部分。我很高兴地听到你说她是一个善良端庄的姑娘。通过这种方式，你对她的了解超越单纯的形象，直达灵魂深处。她细长的双眼，如同莲瓣一般，又略微修饰

29

了一下睫毛。这些举止只是出于个人习惯，与道德品行无关。她这么做是出于天真纯良的性情，她的性情有赖于道德。可是，美丽对她本身形象的提升起了重要作用。在提升的过程中，有意促使别人来探问她的心灵。欣喜的是，我可以想象到，她有着一个名叫苏曼特拉的慈父，也有一个周全的母亲，西塔能够在这种虔敬的环境中成长。此外，我还能够想到，作为女儿，她在家里的生活状况是怎样的。她是如何履行职责的，如何在石头上磨谷子、在灶台上煮粥以及如何用羊毛纺成优质的线团的。我内心充满愧疚地想着她的形象不能自拔，迫切想让这种形象幻化成一个真实的人。"

"你所说的，我都懂，"南达回答了他，"但是你要知道，这种愿望在我心中并不是特别强烈，因为在阳光下我给她荡秋千的时候，她在我面前已经幻化成了真实的人。"

"我实在无法忍受，"施里达曼回应道，他的言语中带有一丝颤抖，"我受不了了。你曾与她有过这种'亲密'，至于你是否能承担得起，我姑且不论。造成'亲密'的原因，仅仅归于你健硕的臂膀和强壮的体格而已，也并非源于你的头脑和思维。在你眼中，你把她当成了一个物质实体。你僵化了自己的视域。你也只能看到她的形象而已，不能在心灵上有所探寻。我说得对吧，要不然刚才你也不会用那些粗俗可鄙、难以启齿的话来描述那迷人的身姿。难道你不知道吗？不论

30

是小孩、少女、母亲，还是有着灰白头发的妇人，实际上在每一个女性个体中，都存在着女神萨克蒂[1]的身影。作为'万物之母'，这个伟大的女神滋养了世间的一切。万物出自她的怀抱，也纷纷涌入她的怀抱。我们要崇敬和赞美每一个有着女神化身的女性。她已经让我们在潺潺的金蝇河的河岸边看到了她那最为尊贵的显现，这是对我们的启示。我们难道没有被她的启示深深地感动吗？我现在知道，实际上我的声音或多或少地有些颤抖。这会不会是因为你说话的方式冒犯到她了呢？"

"你的脸颊和额头红似火，正在发烫！"南达注意到，"虽然你的声音有点颤抖，但却比平时更加饱满洪亮。不得不承认，我也确实被打动了。"

"可是，我还是想不通，"施里达曼质疑道，"你对她的'评头论足'真是欠思考，你对她那娇美的身形也在'说三道四'。原因竟是，这样的身形会迷惑大家，从而让他们的意识不能受控于自己！西塔向我们展现了她那甜美动人的形象，但你却难辞其咎地对她身上的某一部分

---

1 萨克蒂，又译夏克提，是印度教中的一个女神。在印度教中，萨克蒂是宇宙初元的创造力量，也表示女神的生殖力和性力。印度教性力派认为，女神的活动力（或创造力）构成了宇宙能量，雪山女神帕尔瓦蒂的化身卡利、杜尔迦以及萨拉斯瓦蒂，都来源于萨克蒂女神的显化。

'指指点点'，缺乏对她真实本质的完整把握。难道你不知道吗？所有的部分不可分割，共同组成某个集合体。比如，生与死、魅惑与智慧、妖妇与救星，便属于这种集合体。想必你只是看到了她魅惑人的一面，但并未看到她也有超越黑暗、探寻真理的一面吧。你对她也只是'略知皮毛'，并未洞察到这样一个让人难以琢磨的伟大秘密：她虽然可以带来黑暗魅惑，但同时也让大家拥有了获取真理和自由的热情。对于她来说，'束缚'我们与'解放'我们是辩证统一的。正因为有了这种热情，感官美与精神美才能够得以融合。"

听到这里，南达的黑眼睛泛着泪光。他很容易被感动，只要听到哲思的语言总会流泪。尤其是当施里达曼尖细的嗓音突然间变得厚重，这很容易打动人心。南达更是不能自已。此刻的他，用山羊鼻深吸了一口气，听起来倒像是抽泣一般。

他说道：

"兄长啊，你今天说得如此郑重啊！我在想，我还从来没有听你这样一本正经地说过呢。听起来很不可思议，我颇为感动。希望你不要再说了，我心里实在难过。不过我还是想让你讲讲关于'精神'与'束缚'，以及所有事物的'集合体'的话题。"

"所以你现在也已经看到了，"施里达曼热情高涨地说道，"她究竟是什么样子的人了吧。这个少女不仅可以引起'疯癫'，还能带来'智慧'。如果我的话感动了你，那么还要归因于她是我们滔滔不绝的谈话中的女性主体，与梵天的智慧相连。她有着两面性。基于此，我们可以感知她的伟大。她脾气很暴躁，既恶毒又可怕。她可以从热气腾腾的容器中饮食动物的血。与此同时，她优雅善良，可以孕育世间万物，在她的胸前还哺养着不同种类的生命。作为伟大的毗湿奴的摩耶幻相，她把毗湿奴拥入怀抱。毗湿奴在梦中与她会面，我们又在梦中与毗湿奴会面。这就如同，无数的河汇入永恒的恒河，恒河也最终流向大海。我们纷纷汇入毗湿奴的梦想世界，而它又汇入'万物之母'的海洋。你看，我们来到了尘世梦想与神圣浴场交融的地方，在'万物之母'和'万物毁灭者'的怀抱中沐浴净身。

"她那柔美的身形对我们来说好似一种奖赏，我们盛赞它、感叹它。她用水沐浴身体，那个具有生育体征的身体让我们敬重万分。对于男性生殖器像和女性外阴像来说，生活中再也找不到比这两尊塑形更伟大的标志和更激动的时刻了。当一个男人（新郎）和他的萨克蒂（新娘）一起环绕婚礼的篝火，他们的手用花带连在一起。男人从嘴里说出了这句话：'我已经得到了她！'当他从她的父母手里接过她时，他说出了那句神圣的誓言：'这是我，这是你；我是天，你是地；我是乐曲，你是歌词。由此，我们要结伴前行。'在庆贺彼此的会面时，他们不再以人为称谓，不是这个人和那个人，或者说这个男人和那个女人，而是伟大的一对：他是湿婆，她是高贵和威严的女神——杜尔迦[1]。他们的话语游离不定，自己也不知道在说什么，而是陷入一种醉酒之后的口吃。他们沉浸在极度欢乐的氛围中，消隐于尘世的幸福之巅。在这个神圣的时刻，我们既能够享受智慧带来的启迪，还能够从'万物之母'的怀抱中把自我的虚妄解放出来。如同感官和精神在欢愉中得到交汇那样，生与死也在爱情中得以耦合。"

南达沉醉在施里达曼的哲思话语之中，久久不能自拔。

"不。"南达摇着头，眼泪夺眶而出。他说道，"那个善于雄辩的女神对你真好，赐给你梵天的智慧。虽然让人难以忍受，但我还是想继续听你讲下去。但凡我能够唱出和说出你所想所思的五分之一，那么我也会引以为荣。我的兄弟啊，这就是你对我如此重要的原因所在。你拥有我所没有的东西。而你又是我的朋友，所以我就像自己也拥有了这些东西一样。同样，作为你的同伴，我也拥有你没有的东西。话又说回来，如果没有你，我只能是南达，很多事情我应付不来。坦率地说，如果失去了你，我还不如在柴堆上点一把火，死了算了。好了，

1　杜尔迦，是印度教神谱中的主要女神之一，也是湿婆之妻——雪山女神帕尔瓦蒂的化身之一。她虽美艳动人，但嗜杀成性，是一个尚武的"复仇女神"。其皮肤为黄色，坐骑是虎或狮，有 8、10 或 18 根手臂，持诸神所赐的各类武器，其中有长矛或一条毒蛇。她的主要功绩是消灭了杜尔格摩、巽婆和尼巽等凶残的罗刹，被印度人当作"降魔女神"来崇拜。

不说了。咱们走吧，走之前你拿上这个。"

说着，南达便用他那佩戴手镯的黝黑的手，从包裹中翻出一些槟榔。他们喜欢在饭后咀嚼槟榔，来清新口气。作为一种相互敬献的礼物，槟榔还有着一定的象征意义。它被用来巩固友谊、确立契约。南达把槟榔递给了施里达曼。与此同时，还把脸转了过去。他的脸上依然挂有泪痕。

第四章

南达和施里达曼继续向前赶路。两个人都有各自的差事要办，接下来不得不分开，所以走向了不同的岔道。他们一起到达了亚穆纳河，这里的船只来来往往，好不热闹。沿着这里的地平线望去，可以看到库鲁克舍特拉的城市轮廓。此刻，施里达曼顺着这条遍布牛车的大路前行，直至进入一个狭窄的城市街道。在这里，他可以找到售卖舂米杵和火绒的店家。而南达要走入一个小巷道，那些地位低下的贱民就住在这的小土屋里。他要从这些人那里帮父亲换购铁矿石。南达和施里达曼分开时，互相祝福对方。他们也约定好三天后的一个时刻在同样的地方会面。待处理好各自的差事之后，他们要一起返回故乡。

转眼间，已经过去三天了。南达正骑着一头灰色的驴子，驴背上还驮着从贱民那里买来的矿石。他来到两人约定好的地方，这里也是他们分开之处。施里达曼还没有到，南达只能等着他。终于，他在大路上看到了施里达曼的身影。只见他扛着自己的货品，脚步缓慢、步履蹒跚。他的面颊深陷在柔软的扇形胡须里，忧郁的眼神一览无余。施里达曼看到老友时，也没有表现出很开心的样子。南达帮他把货品卸下，放在了驴背上，他的脸上仍然没有一丝喜悦。他仍然像刚才那样弓着腰，沮丧郁闷地走到南达身边。说的话也无非都是"是、是"之类的词，哪怕该说"不、不"的时候也是这样。偶尔说了几次"不"，但又恰好应该是在说"是"的时候。甚至到了休息和吃饭时间，施里达曼固执地说自己不想吃，也不能吃。接着还补充道，他甚至不能入睡。

种种迹象表明，施里达曼好像是病了。最终结果也印证了这种猜测。第二天晚上，他们在星光下同行，心急如焚的南达终于让他的好友开了口。施里达曼哽咽地告诉南达，自己确实病了，并且还说他的病无药可医，已然病入膏肓了。他补充道，自己势必赴死，也愿意赴死。"势必"和"愿意"完全交织、融为一体。前者可以产生后者，后者也能产生前者，两者共同形成了一种不可抗拒的欲望。"如果你对待友情是认真严肃的，"施里达曼用哽咽和焦虑的声音继续对南达说道，"那么你要对我表示最后的关爱，帮我搭建一个殉葬的柴堆。我钻进去，你来点燃它。这个不治之症让我备受折磨。疾病灼烧着我，让我痛苦难堪，可是炽热的火焰好似镇痛药油，涂上之后就如同身体浸入圣洁的河水洗浴疗伤一般。"

听到施里达曼的话，南达心中发出这样的感慨："哎呀，伟大的神明啊。你怎么变成这样子了呢？"尽管南达长着一个山羊鼻，但他可以游走在卖给他铁矿石的低下的贱民和作为婆罗门后裔的施里达曼这两者中间，能够成为一个"中间人物"。我们必须承认的是，哪怕面对的是地位比他高很多的施里达曼，他同样具有应付困难的能力。作为一个健康之人，南达能够克服困难、摆脱疾病。也正是凭借这一优势，他压制了内心中向困难屈服的想法，全心地呵护着自己的好友，理性而机敏地劝导着对方。

"你可以选择相信我，"南达说道，"刚才你说，你的病情难以治愈。如果这是实情，我会义不容辞地按照你的想法，为你搭建一个柴堆。并且我还会把它搭得更大，这就有了足够的空间。点燃之后，它能容得下咱们俩。施里达曼啊，我真的无法接受你的离开，哪怕一小时也不行，我只能选择和你一起赴死。正是如此，我认为这件事跟我密切相关，所以你必须得告诉我究竟发生了什么，向我一五一十地说明你的病情。如果连我也认为你的病难以治愈，那么我得为咱们准备火葬了。你要知道，我并非在妄言，我的话也并不是没有道理。我资质平平，头脑简单。如果连我都觉得这种做法是正确的，那么聪慧高明的你的判断就更不在话下了。你也肯定会举双手赞成。如果我能够设身处地去想这个问题，就好像你的脑袋挂在我的脖子上去想这个问题那样，那么需要肯定的是，在实施我们这个意义深远的计划之前，你务必要有别人出具的证据，来确认你的病情是完全无法医治的才可以。现在，你接着说吧。"

脸颊消瘦的施里达曼沉默了半天，不说一句话。之后，他宣称他不想为他那难以治愈的病做任何解释，也不愿出具任何证明。但是在南达的催促之下，他最终还是松了口，向南达表明了自己的心结。他在说的时候，为了不看对方，还用手遮住了自己的双眼。

"就在前几天，"施里达曼说道，"我们看到了那个赤裸身体、品行端庄的少女，在提毗[1]的浴场沐浴净身。你也说过，她叫西塔，是苏曼特拉的女儿。你曾经帮她荡过秋千。但是，自从我看到她之后，身心便遭受到了因她的'裸露'和'美德'所带来的折磨。这两者就像一颗种子植根在我的灵魂深处。它们共同生发、不断壮大，直到渗透我的身体，蔓延到我最微小的纤维组织里面。我的精神被消耗殆尽，睡

1　提毗，梵语即为"女神"之意，是印度神话中女神之一。对提毗的崇拜，源于远古时期对母神的崇拜，似属公元前3000年代。相传，提毗具有截然不同的特质：一为温和，二为暴戾。所具特质不同，其称谓也各异。

也睡不着，吃也吃不下。它慢慢折磨着我，最终把我毁灭。"

紧接着，他继续说道，这种痛苦是致命的，而化解之道便是完成他的一个心愿。如果一个人的愿望是渴望得到幸福，那么，这个人只有实现了愿望，才有活下去的希望。

"如果，"他最后总结道，"我得不到她，得不到那个有着鹧鸪眼、亮丽肤色以及绝妙身形的西塔，那么我的灵魂也会消散、逝去。你说你愿意陪我一起赴死，我于心不忍。我着实为你这样一个年轻快乐、活力十足，并且还长有一缕'福牛'毛发的小伙感到惋惜。话又说回来，如果你执意和我一起的话，也算是合情合理吧。我脑海中总是浮现你帮她荡秋千的那种场景，这助推了我要赴死的决心。如果让那个给她荡秋千的人留存于世，我也实在有点不甘心。"

南达听了施里达曼的话，便不由自主地笑出声来。只见他又蹦又跳、手舞足蹈地一次又一次拥抱了施里达曼。

"你真是个情种！"他叫出声来，"情种，情种！就是这么回事，我说得没错吧。你确实病得不轻啊。不过这听起来也太滑稽了吧。"紧接着，他便哼唱了起来：

"聪明的人呐，聪明的人呐，

原本有着理性的思维！

但是现在，脑子不太灵光，

智商也跟着下降喽！

单单瞥了少女几眼，

便被迷得神魂颠倒；

就算有猴子能从树上跌下，

愚蠢程度也不及你啊！"

唱完后，南达依然笑得合不拢嘴。他一边拍膝盖，一边叫喊道：

"我的兄弟，施里达曼啊！我知道实情之后，难掩兴奋之情。刚才你说让我帮你搭一个柴堆用来自焚，这纯属无稽之谈。看样子，只是你心中的柴堆在着火罢了！这个迷人的少女一直让你茶不思饭不想的，这就好比爱神伽摩¹用鲜花之箭射中了你的心。在我看来，蜜蜂的嗡嗡

---

1 伽摩，是印度神话中的男爱神，意为"性爱"或"爱情"。他相当于希腊神话中的厄洛斯、罗马神话中的丘比特。相传，伽摩在众神中是一位永远年轻英俊的男子，有着绿色皮肤，身边天女围绕，骑着一只鹦鹉，手持一张弓箭，弓是用甘蔗所做，弦是一排嗡嗡的蜜蜂，以执心做箭羽，以希望做箭镟，以鲜花做箭头。妻子拉提（代表情欲）和朋友伐森多（代表春天）伴随着他，伐森多为他上好弓弦，拉提挑选出适合的鲜花做箭头，伽摩放射出爱情之箭，一旦谁被他的爱情之箭射中，就会在心中燃起熊熊的爱情之火。

声就如同爱神的霹雳声，而作为活力和欲望代名词的拉提[1]女神，已经冲你施了法，法力也开始发挥作用了。这看起来再正常不过了，也不乏欢愉惬意之情，好像每天都在我们周围发生。对于世俗之人来说，这没什么稀奇的。你刚才也说了，只有神才能实现你的心中所想，只有神才能展现出你的真挚心愿，也恰恰印证了它们确实来自爱神。实际上，它们并不适用于爱神，而是适用于你。我也并不是对你充满敌意，而是为了让你好好冷却一下自己灼烧的情欲。你说只有神才有权帮你实现心愿，这是错误的想法，并且也言过其实。的确，没有人比你更适合在'犁沟'里播种了。"南达这样说，是因为西塔的名字有"犁沟"之意。"这句话，"南达接着说道，"还是很适合你呢：'猫头鹰在白天啥也看不见，乌鸦在夜间啥都看不清；被爱情冲昏头脑的你，白天黑夜都昏花。'我之所以反复说这句话，是想让你理性地思考一下。她赤裸身体在杜尔迦浴场沐浴的场景，给你带来了这种错觉，但我想说的是，野牛村的西塔并不是天上的神仙啊！她美得不可方物，这是事实，但也的的确确就是一个凡人罢了。她也像村子里的其他人一样劳作，也得磨玉米面、煮米粥，并且还得纺羊毛。她的父母也是普通人。虽然

---

1 拉提，又称拉缇，是印度神话中的女爱神。作为印度男爱神伽摩的主要伴侣和助手，她随迦摩一起受到尊敬和崇拜。拉提常常与性爱相关的兴奋和快乐有关，很多性爱的技巧以及体位都是来自她的梵文名字。

她的父亲苏曼特拉还是有点儿武士的血统，但也没什么了不起的。总体来看，他们其实也很平易近人。别忘了，你还有一个叫南达的兄弟啊。如果他不能为你跑腿，不能帮你张罗好这件再普通不过的小事，不能让你获得幸福，那这还算是好兄弟吗？哎呀，好啦！你这个傻情种！我才不会给你搭建柴堆，陪你一起赴死呢。我现在要帮你搭建一个婚房，让你和你那有着优美身形的新娘一同进去，岂不美哉？"

施里达曼思索了片刻，开始回应道："我暂且先不提你刚才唱的那首歌，单单就你说的话，就非常冒失无礼。其中让我听起来很不舒服的一点是，你把那个能够让我痛不欲生的心愿说成是一件再简单不过的事情。殊不知，它着实已经让我精疲力竭，把我的心都扯碎了。这已经远远超过了我们的能力范畴，这种欲望太过强大了。这并不是我们凡人所能承受的，只有神灵才可以解决。可是，话又说回来，你这么说也是为我好。你是想好好地宽慰我，所以当你用刚才那种粗鲁无知的话来打趣我那无药可医的病情时，我并没有放在心上。好吧，我不会记恨你的。我的心已经丧失了求生的欲望，但你最后说的那些话，又让它重新跳动起来了。这只是你所描述的想象蓝图而已，我认为实践的可能性并不大。有时候我发现，那些不曾经历这些事情的人反而比身处于事件之中的我们，能够更加准确和理性地判断具体情况。但是我又认为，其他的情况其实没有什么可比性，而我也只关注那些和

43

死亡有关的事情。我只要一想到，那个美得不可方物的西塔可能从小和别人定了娃娃亲，在不久的将来她就要和别人步入婚姻殿堂，我就恨不得赶紧钻进那个冷酷的柴堆，直接把我烧死算了。"

南达听完后，便以他们的友谊起誓。他信誓旦旦地向施里达曼保证，这种猜想完全站不住脚，所以也没必要担忧。他还说，西塔其实没有定什么娃娃亲，因为父亲苏曼特拉并不同意这样做。他害怕万一哪天男方早夭了，西塔就必须要守寡，独自承受由此所带来的屈辱。此外，西塔在太阳节上被选中作为"秋千少女"，这也印证了她还是待字闺中的，等待追求者上门。施里达曼的身份地位肯定没得说，家族的人也都精通《吠陀经》。其实只需要委托他的朋友提着聘礼去她家，然后两家人商讨一下这件事情，肯定能有一个圆满的结果。

只要南达一提到荡秋千的事，施里达曼的脸上就会表现出痛苦不悦。即便这样，施里达曼还是对于南达的热心肠感激不已。南达对此事的理性分析，也让施里达曼赴死的决心动摇了。他逐渐相信，想要得到西塔，并非难如登天，其实在凡人的可控范围内也可以实现。话虽如此，施里达曼依然坚称，如果追求西塔失败了，南达肯定会用他那粗壮的臂膀搭建一个柴堆的。加尔嘎的儿子南达宽慰了他，并做了相应的允诺。

他们一步一步地商量了具体的提亲细节，确保能有一个圆满的结局。施里达曼完全"退居幕后",只待最后的结果。南达自己先去找到了施里达曼的父亲薄婆菩提,说服他来同女方家长商讨这门亲事。在接下来的时日里,作为求婚者的代表,南达以好友的身份去了西塔所在的野牛村,进一步促成了两人的好事。

倘若用"言必行,行必果"来形容,那就再合适不过了。当南达向薄婆菩提说起施里达曼的心愿时,眼前这位婆罗门家族的商人,难掩激动之情。

苏曼特拉有着武士的血统,他以放牛为生。面对对方的厚礼以及所提出的一系列要求,他并没有表现出任何不悦。在西塔的家中,南达还凭借他那朴实无华和让人信服的措辞夸赞了施里达曼。同样,西塔的父母回访了牛福村,对这位求婚者的品行有了一定程度的把握。两家人这样一来一回,也花费了不少时日。

西塔曾远远看到过施里达曼。她俨然已经把这个商人的儿子当作了自己的真命天子和男主人。两人的婚约也起草好了。在订婚宴会上,他们正式签订了婚约,并且互换了相称的礼物。他们还专门请了星象占卜之人,特意选择了一个良辰吉日来成婚。

毋庸置疑,这对新人得以有一个圆满的结局,南达功不可没,但他自己并未放在心上。在他看来,仅仅是做了一件力所能及的事情而已。施里达曼还一度认为,南达不可能再露面了。事实并非如此。

南达反而主动忙前忙后，里里外外地张罗着，邀请亲朋好友来参加婚礼。在西塔父母的院子里，堆积着很多的干牛粪，庆贺的篝火在上面点燃了。凭着健硕的臂膀，南达在现场忙不失迭。婆罗门的僧人站在旁边，诵念着经文。

　　婚礼如期而至。那个秀美婀娜的西塔，用檀香、樟脑、椰子油涂抹着自己的身体。只见她佩戴着珠宝首饰，穿着紧身胸衣和礼袍，头上包裹着一条云巾。这算是她第一次这么庄重地见到自己的丈夫了，虽然她的丈夫在此之前可是见过她。不仅如此，西塔也是第一次叫了丈夫的名字。可想而知，在此之前的等待的确值得，施里达曼也最终说出了搁在心里的那句话："我终于娶到她了。"在西塔的家里，摆满了大米和黄油的祭品。此刻，施里达曼从西塔父亲的手中接过新娘。他称呼自己为天，称呼西塔为地；把自己看作乐曲，把西塔看作歌词。在女人们的歌声和拍手声中，他们绕着篝火转了三圈。接亲的队伍庄严肃穆，白牛载着新娘返回到施里达曼的村子，最后把西塔交到了新郎的母亲手里。

　　回到村子，西塔和施里达曼还参加了很多的庆祝仪式。他们不仅需要再次绕着篝火走几圈，新郎还要喂新娘吃甘蔗，给新娘佩戴戒指。这对新人还要陪着那些亲朋好友一起用餐。酒足饭饱之后，他们身上还被喷洒了玫瑰水和恒河水。紧接着，宾客一同把他们送入了一个名为"鸳侣洞房"的房间,床上铺满了鲜花。这对佳偶在房间里亲吻对方,玩笑戏谑。两个人热泪盈眶,送别了宾客。而一直伴随他们左右的南达,也最终迈出了房门。

第五章

　　在此，我还得要提醒一下听众。到目前为止，这个故事的走向看似发展得还是很理想，但你们千万不要被这种假象所迷惑，因为你们还是不了解真实的情况。这就如同有两副面孔的脸庞一般。在我们沉默的间隙，一张面容转向了一旁，但是当它又一次转过来的时候，这张脸已经变得和刚才完全不同了。它好像戴着一个恐怖的面具，一张令人心烦意乱的惊悚面孔浮现在我们眼前。它看起来如美杜莎[1]一样可

1　美杜莎是古希腊神话中的蛇发女妖，凡看见她的眼睛者皆会被石化。这个妖怪被英雄佩尔修斯在雅典娜和赫尔墨斯的协助下斩杀。佩尔修斯将头颅献给了雅典娜，该头颅被镶嵌在雅典娜的神盾中。

怕，不仅能够让人们瞬间石化，还会让他们做出疯狂的举动。施里达曼、南达以及西塔，他们都在旅途中经历过……我们还是按照时间顺序一一道来吧。

自从施里达曼的母亲把她那娇美的儿媳妇西塔拥入怀中，差不多半年有余了。在此期间，西塔也和她那小鼻子的丈夫充分享受着新婚带来的甜蜜和幸福。闷热的夏天已经结束，现在正值雨季。一望无际的天空中，飘满了朵朵云彩。大地上，一簇簇的鲜花竞相盛开。随着季节更替，这些景象也会很快消逝。秋高气爽，苍穹洁净无瑕，荷花争相绽放。这对年轻的新人和他们的好友南达商量，他们决定去探望一下西塔的家人。这个想法也征得了施里达曼父母的同意。因为自从西塔过门，娘家父母还没有见过女儿一面。他们也希望可以看看女儿婚后的模样，也想感受女儿的幸福！实际上，西塔已经怀孕，她也憧憬着未来当一个母亲的快乐。即便西塔怀有身孕，他们也并没有放弃回娘家的打算，一行三人还是小心翼翼地上了路。好在路途不算太远，天气还算凉爽，在这种情况下赶路也不至于太过劳累。

这对年轻的小夫妻是乘车去的。车上有个顶棚，侧面还有窗帘。这辆车由一头瘤牛和一头单峰骆驼拉着，而南达负责赶车。南达坐在他们前面，只见他斜戴个小帽子，两腿来回晃着。他看起来十分谨慎地驾着车，也不怎么回头与那两个人交谈。他时而呵斥着牲畜，时而喊唱两句，歌声浑厚清澈。他总是在发出前几个音符后声音逐渐减弱，之后便开始一顿哼唱，最后伴着模糊的吱吱声戛然而止。他那一嗓子出来总是吓人一跳，如同憋久的胸腔突然得到释放，哪怕逐渐接近尾声了，也同样惊人。

施里达曼和西塔在南达的身后静静地坐着。他们正对着南达，一旦两个人目视前方，总能看到南达的后颈。这个年轻的新娘时不时地这样做，只见她的目光缓缓地从自己的膝上抬起来，片刻后又返回到膝上。施里达曼并没有像西塔那样，他的脸完全转向了帆布窗帘一侧。施里达曼倒是想和南达换个位置，自己来当车夫。他可不愿像旁边的西塔一样，只能目视前方那黑黝黝的后背和脊柱，还有那灵活的肩胛骨。看样子还是不行，因为任何变化总会引起一定的不适。他们继续默不作声地赶路，但能够明显听到三人急促的呼吸，就好像跑步的喘息声一样。他们的眼睛里布满血丝，这总归不是一个好兆头。但凡有超强洞察力的人一定能够看到，在他们行驶的路上，一对黑色的羽翼总是围绕在他们身边。

他们喜欢在黑夜赶路。其实，之所以选择在黎明之前，是为了免遭正午日头的暴晒。这个说辞听起来有点道理，但殊不知，他们也是另有企图。三个人的心中都有未解的"迷惑"，这更适合黑暗的环境。在不知不觉中，他们已经把内心的"迷惑"投射到了外部世界中，但最终的结果是：他们迷路了。作为车夫，南达没能赶着瘤牛和单峰骆驼在大路上的那个地方拐弯，从而错过了通向西塔家的那条岔路。由于没有月光，只能靠着星光引路，南达拐错了弯。很快他们发现，前方无路可走了，只有一片林中空地。随着树木逐渐稠密，他们最终来到丛林深处，空地也没有了。原本他们还想用这片空地作为返回时的地理标记呢。

看样子，车子肯定是不能继续穿梭在树丛里了，也不可能在这样松软的植被上行进。他们都承认，自己确实是走错路了。可是，谁都不愿意袒露，他们已经陷入了一种与自己"迷惑"的内心相照应的处境之中。南达在赶车时，施里达曼和西塔在后座并没有睡觉，但是却眼睁睁地看着车子走错了路。他们只能在原地生了一堆火，这样可以更好地驱逐野兽，等待天亮。天微微亮，他们便开始在四周探寻出路，同时把牲口上的挽具都卸了下来，让它们也都独自溜溜。他们又是推又是拉的，车子终于通过了柚木和檀香树，到达树丛的临界处。他们在这儿发现了一条岩沟，几个人终于看到了希望。南达宣称，这儿肯定就是通向西塔家的那条路。

他们顺着陡峭的岩沟，颠簸着来到了一座寺庙前面。人们在石壁上开凿出了这座寺庙。他们一眼认出，这里供奉的是提毗女神、难以接近的杜尔迦女神和作为"邪恶之母"的卡利女神。施里达曼的内心充满悸动，他发自内心地想下车去祭拜神灵。"我想去瞻仰女神，做一个祷告，片刻后就回来了，"他对南达和西塔说道，"你们就在这儿，等我一会儿吧！"说着，他便下了车，沿着粗石的台阶，向庙宇走去。

眼前的这个庙宇和金蝇河浴场附近那个供奉女神的小庙宇不太一样，它里面的很多石柱和纹饰都是由无数虔诚之人所雕刻的。寺庙的入口位于这座荒山的山脚下。入口由几个石柱支撑，石柱上面雕有露齿嗥叫的豹子纹样，左右两侧还有许多彩绘。踏入寺庙可以看到，两侧岩石上也同样有彩绘。通过皮肤、骨头、骨髓、肌腱、精液、汗液、眼泪、鼻涕、粪便、尿液以及胆汁的"组合"，这些图案被赋予了生命，拥有了血肉身躯。他们充满着激情、愤怒、情欲、妒忌、失望，面对恋人和至亲分离的不舍，承受饥饿、干渴、衰老、悲伤以及死亡的伤悲。他们的身体里流淌着快乐和滚烫的血液，痛苦和欢喜的心境像迷宫一般错综复杂，在万千形象中相互影响、相互转换。兽性、人性以及神性最终实现了混杂。只见象鼻被安在了人的手臂上，野猪的头也被放在了女人的项上。开始的时候，施里达曼没有注意到这些彩绘，也确实没有看到吧。只是不经意路过的时候，他那布满红血丝的眼球才掠过了这些彩绘。与此同时，那种眩晕感油然而生，温柔的怜悯之情也涌上心头。为了一睹女神的风采，他做好了准备。

岩洞里昏暗朦胧，只有一束山上的自然光，射在了寺庙的大厅里。

他穿过大厅，向旁边那个低洼的前厅走去。在更低处还有一道门。他顺着门走下石阶，到达女神的神邸，最终见到了女神的神像。

　　他在石阶上颤颤巍巍、跟跟跄跄地后退了几步。在看到入口两侧的那两尊男性生殖器的雕像时，他伸出双手以示虔诚。在他看来，卡利女神威严恐惧，难道是由于他的眼睛布满红血丝而导致这种错觉？还是由于他第一次目睹了这位狂躁易怒的女神那张扬可怕的面容的缘故？在岩壁上，众多的头盖骨和手脚构成了一个拱形。女神也在拱形中被凸显出来。神像光彩照人，聚集了所有光线，又统统把它们反射出去。女神戴着一顶闪亮的皇冠，以各色骨骼和四肢为饰。她那十八只臂膀挥动起来，犹如旋转的战轮。女神挥舞着神剑与火把。热血在头盖骨中沸腾。她用手把头盖骨送入嘴边，热血流到脚下，汇成一片。这个恐怖的女神乘着扁舟飘荡在"生命之海"，周旋在"热血之洋"。施里达曼透过他那瘦小的鼻子闻到了浓浓的血腥味。山洞的空气不流通，所以这种血腥味除了夹杂着腐朽的霉味，还有一丝香甜。这里就像是一个地下藏骸所，地面上的沟槽也黏糊糊的，那些被砍掉脑袋的祭祀牲畜的血液都流入其中。祭品中有野牛、猪和山羊，它们身首异处，其中的四五个头，呈金字塔的形状堆放在女神前面的祭坛之上。面前还有一把剑，放在了一侧的地面上。剑面发出一丝寒光，上面还遗留了风干的血渍。

施里达曼盯着面前的这尊野蛮的面孔，惊恐之情浮现心头。这尊女神手握生杀大权，她有能力要求他人献祭。施里达曼看到女神那挥舞的手臂，一阵眩晕感油然而生。他双手握紧拳头，摁压在他那异常悸动的胸口上。他浑身发抖、惊讶万分，一种时冷时热的感觉，如洪水般涌来，逐渐淹没了他。在脑海、内心以及性器官的作用之下，有这样一种冲动：为了女神，他想要做一件"极端"的事情。他的嘴唇现在没有任何血色。他这样祷告：

"先于万物的神灵！无人可及的圣母！包罗万象的女神！恐怖与欲望的化身！您的形象融于整个世界！您的子民用活物来献祭，因为所有的生命理应属于您！如果我自己作为祭品献祭于您，我岂能得不到您对我的怜悯与恩赐？我知道，我不应该逃离尘世的生活，尽管它如此诱人。但是，请允许我进入您的怀抱，让我彻底逃离自我，摆脱那个被尘世的欲望所迷惑的施里达曼吧。"

很显然，这些话让人有不祥的预感。说完之后，他抓起地上的那把剑，大手一挥，脑袋和身体便分了家。

他真的是"言行合一"。说完之后，便即刻付诸实践。在这里，讲述者还想告诉听众，千万不要把这样的情况看作一件轻率而普通的小事。或许对于很多人来说是司空见惯的，因为在故事中经常会讲述人们砍下了自己的脑袋的情形。实际上，这些情形看起来都不寻常。我们脑海中所浮现的或者经常谈论的事情往往是生与死。可是，如果你经历过分娩和死亡，有过呜咽哭泣，面临过分离的场景，你还会觉得这是寻常之事吗？砍掉自己的脑袋，虽然经常发生，但也算是一种难以企及的行为吧。当事者只有具备强大的决心，能够唤起全部的毅力和精力，才能完成这种超乎寻常的实践。施里达曼，这个年龄尚浅的婆罗门，尽管有着柔弱的臂膀和略带哀愁的双眼，但完成了这项壮举，实在让人难以置信。

　　他在渴望的眼神中，完成了这项惊恐的献祭。他那高贵的脑袋落在一边，脸颊上柔软的胡须清晰可见。作为脑袋的卑微附属物，他的身体落在了另一边，两只手还紧紧握着剑柄。他的热血从身体里喷涌而出，流到了地上的沟槽里。热血顺着坡度比较缓的沟槽，慢慢地流向了祭坛下的坑陷里。这种场景让人想到了金蝇河：溪流如脱缰的小马驹一样从喜玛瓦特山 [1] 奔涌而来，最后缓缓地汇入河口处。

1　喜玛瓦特山，指的是喜马拉雅山。

第六章

现在，我们需要把目光从岩洞深处移至岩洞外等候的人那里。刚开始，他们只是默不作声地自问，但是不久后便开始念念有词地发问：施里达曼仅仅去岩洞做一个简短的祷告，为何花费这么长的时间呢？在车上，娇美的西塔依然坐在南达的身后。她轮番盯着南达的脖颈以及自己的大腿面，两个人都一动不动地坐着。南达的山羊鼻和厚嘴唇总是向牲畜的前方探着。不一会儿，两人都开始在自己的座位上来回蠕动。最后，南达才毅然决然地转向西塔，问道：

"你知道为何施里达曼让咱们等这么久？他在岩洞里干什么呢？"

"我也不知道呀，南达。"西塔用她那甜美、清脆以及颤动的嗓音说道。她甚至还略显多余地叫了他的名字。对于南达来说，这也太见外了。其实压根没必要，就好比他在问："施里达曼在哪儿？"而不是："他在哪儿？"

"怎么这么久啊，我一直感到很奇怪，"她继续道，"刚才，哪怕你没有率先'朝我''转过来'询问我，我也会主动问你的。"

他摇了摇头。一方面是出于朋友迟迟未归而表现出的惊讶，另一方面也是想阻止西塔总是说一些多余的话。"转过来"其实已经足够了，西塔又加上"朝我"，语法上虽然也没问题，但是却显得多余，甚至不合时宜。更何况她是在等待施里达曼的时候，用她那甜美轻快、略显做作的嗓音说出了这些词。

他只能默不作声，以防自己也会用这种不自然的嗓音说话，说不定还会直呼她的名字。他仿佛感到自己也被某种力量驱使来效仿她的样子。过了一会儿，西塔有一个想法：

"南达，我想说的是，要不然你也进去一趟，看看他究竟在哪儿？如果他还在全神贯注地祈祷，那么你得用你那健硕的胳膊提醒他了。我们不能再等下去了。实在想不通，他为何让我们坐在这里这么久，浪费了这么多的时间！此刻，太阳也越升越高了。咱们刚才也因为迷路耽误了不少时间，迟到是必然的。由此，我的父母肯定会焦虑万分，他们对我的爱远超一切。南达，烦劳你去一趟，叫他赶紧回来！如果他不想回来，还想执意留在那儿的话，你就得采取强制措施了，毕竟你比他力气大多了。"

"那行吧，我现在就去把他拽出来。"南达回应道，"当然，我还是平心静气地叫他出来。我到那儿就单独提醒他时间就行。刚才迷路了，我得承认是我的错。其实，施里达曼进寺庙的时候，我曾想过要和他一起去，但是害怕你一个人在这里太孤单了，我就索性留下来陪你。你稍等片刻，我一会儿就出来了。"

南达从前面车夫的位置上跳了下来，然后便走进了寺庙。

对于听众来说，肯定知道什么样的场景在等着他！我们跟着南达一同步入大厅，穿过门廊。然而，南达却全然不知发生了什么。最后，他终于来到女神的神殿。他踟蹰着、趔趄着，嘴里迸发出一阵阴沉的惊恐声。就像施里达曼刚才做的一样，他也奋力抓住了男性生殖器的石像。他之所以惊恐，并不是因为神像，而是同当时的施里达曼"如出一辙"，看到了地上如此可怕的景象。只见他的朋友施里达曼躺在地上，苍白的脸上搭着散乱的围巾，脑袋已经和身体分开，血液正顺着不同的方向流向沟槽。

可怜无助的南达，不停地战栗着，就好像一头大象，抖动着自己的耳朵。他用他那黝黑的戴着手镯的双手托着脸颊，从厚嘴唇里哽噎着一遍一遍地呼唤朋友的名字。他弯着身子，面对身首异处的施里达曼完全不知所措。他不知道要拥抱哪部分的身体，也不知道要对着哪部分身体说话。最终，他还是转向施里达曼的脑袋，因为脑袋在整个身体中还是起着决定性的作用。他跪在苍白的脑袋旁，喃喃自语。那长有山羊鼻的脸庞也由于过度伤痛而变得扭曲。他说话的时候，把一只手放在施里达曼的身体上，还时不时地转过头去看看。

"施里达曼，"他啜泣道，"亲爱的朋友，你究竟做了什么啊！你怎能任凭你的手和胳膊来做这样一件难以完成的傻事啊！你不该这样啊！没人要求你这样做，为什么要去做呢？我一直佩服你的勇气，如今我眼含热泪，依然由衷地敬佩你，你做了常人难以企及的事情！我想知道你的心中所想，是什么让你轻生了呢？豁达与绝望在你的胸中并行，你完成了死亡之舞！唉，可怜的施里达曼，你那高贵的脑袋和高贵的身体完全分了家！丰满的肚子停留在原地，但已经没有了知觉，丧失了任何意义。此刻，它与你那高贵的脑袋毫无关联。哎呀，难道是我的错吗？你的轻生与我的存在或者我的行为有确切的关系吗？你瞧，因为我的脑袋还在，所以我能思考你的事情。可能在你看来，'存在'的过错比'行为'的过错更为重要吧。但是人除了避免'行为'之外，还能做些什么呢？我得要尽可能地保持沉默，以防用轻柔低语的嗓音说话。我对她说话时，既没有提及她的名字，也没有说多余的话。我自己只能当自己的见证者，不过也确实没有其他见证者了。即便她对你吹毛求疵的时候，我也并没有参与其中。可是，如果因为我个人的存在而负担过错的话，又有什么用呢？我应该走入沙漠中，当一个隐士，严守清规戒律！我必须谦卑地承认，就算你不提醒我，我也确实应该这样做。此刻，我还是想为自己开脱，我在想，除非你开口了，我才会这么做的！亲爱的脑袋，在你还没有同你的身体分家，脑袋依然在你项上的时候，你为什么不开口对我说呢？我们两个人的脑袋——你那聪明的脑袋与我那蠢钝的脑袋可是一直在相互交谈啊。但是，当事情变得严重、变得危险的时候，你那聪明的脑袋却沉默不语了！现在真的为时已晚了，你没有开口讲一句话，便做出了这样伟大而残酷的事情，这也助推了我后续的举动。对于你来说，你肯定相信我也可以做得到，你能用你那纤细的手臂做出这样的事情，而我那健硕的身体又怎会胆怯呢？我曾经跟你说过，如果你离开了我，我也不会苟活。在此之前，你患了相思病试图寻短见，让我帮你搭一个柴堆以求自焚。我当时就跟你说过，如果真要赴死，我会搭建能容纳两个人的大柴堆，陪你一起殉葬。刚才一进来，看到你身首异处，我混乱的思绪涌上心头，现在才逐渐清醒了一些。接下来毫不犹豫地要做什么，其实我的内心早已有了答案。我曾经说过要与你自焚殉葬，现在也要和你一起流血牺牲。除此之外，我别无选择。难道我应该走出山洞，去告诉西塔你的所作所为，然后聆听她在惊恐中所发出的'窃喜'之声吗？难道让我在人前背负骂名，被人们指指点点，'南达这个败类，坑害了施里达曼，他贪恋好友的妻子，为了色欲，竟对好友下毒手'？不，我可不想这样，绝不可以！所以，我得走你的后路，一同让永恒的女神来饮食我们的热血吧！"

话音刚落，南达的脑袋便开始转向身体的下方。他用已经僵硬的手指松了松剑柄，紧接着用健硕的臂膀彻底地对自己的生命进行一个了结。不得不提，他的身体与施里达曼的身体倒在一起，他的脑袋也滚落在施里达曼的脑袋旁边，眼睛依然瞪着。他的血液迅速而猛烈地迸发出来，之后缓慢地顺着地面的凹槽流向祭坛下的坑陷。

第七章

与此同时，西塔（其名字有"犁沟"之意），正一个人孤零零地坐在岩洞外的篷车里。对于她来说，眼睛的正前方由于没有可以盯视的南达的后颈，所以等待的时间变得漫长难熬了许多。她看上去有些烦躁，这看似是一种习以为常的情绪，但是她连做梦也没有想到，实际上南达和施里达曼的身首已经分了家。此刻，她全身上下无不散发着十分焦虑的氛围，但也并未表现出"怒火中烧"之势。殊不知，有一种不好的预感逐渐占据她的内心。她开始变得恐慌不安，两只脚也时不时地扭蹬起来。倘若我们把失去耐心和脾气焦灼的原因归结为一个人久久地等待，也并不能完全说得通，因为她压根没必要扭蹬双脚啊。我们一定会认为，年轻的西塔，可能会有一种预想吧，但这也仅仅是猜测而已。实际上，西塔一直生活在与预想情景有某种相似的体验之中。可是，她在自言自语的时候，并没有表现出来。

"我实在难以言表，简直无法忍受他们的这种行为，"她不禁这样想，"这些男人啊，其实都一个样。谁也不比谁好到哪儿去，全都不值得信赖。其中的一个人啊，他让我和另一个人在外面待着。我不知道究竟发生了什么，或许是他咎由自取吧，半天也不出来。我得让这个人进去找他，只剩下我自己孤零零地坐在这儿。此刻，时间也不早了，太阳越升越高。我们刚才由于迷路也耗费了不少时间。我心头压抑的怒火快要彻底爆发了。在容许的范围内，我想为他们找一个合理的理由和借口，但怎么找也不到。其中的那个人杳无音信，另一个试图去找寻他，最后也迟迟未归。我所能够想到的最严重的后果就是，情绪暴躁的两个人，都不肯给对方让步。由于施里达曼一心一意专注于祷告，他不愿意离开那里，南达只能采取强制措施，但是南达出于对施里达曼文弱体格的考虑，也不会使出蛮力来劝离他。但凡南达愿意的话，他肯定会像抱小孩那样，用他那坚实有力的臂膀把施里达曼抱出来吧。如果这样的话，施里达曼会感到羞辱万分，也只有在外面不愿等待并且十分恼火的我，才希望这样做吧。我想说的是，如果我现在拿起缰绳，独自一人驾着牛车回娘家，也未尝不可啊。当你们出来的时候，发现我不在了，那也是你们活该。即便没有丈夫和朋友的陪伴，我一个人回娘家，也并非不妥吧。谁叫你们让我一个人在外面孤零零地等了那么久，我其实刚刚就应该这样做，因为我也是迫不得已呀。但是话又说回来，此时此刻，我什么也做不了，只能老老实实地去找他们了，看看他们葫芦里究竟卖了什么药。不知是不是怀有身孕的缘故，也不知为何，内心还是有些担忧。也不知道他们莫名其妙的行为背后是否有不好的事情发生呢？然而，在我看来，最糟糕的情况无非就是他们发生了争吵而已，这成了迟迟未归的原因所在。如果是这样，我会毫不留情地插手干预，痛痛快快地训斥他们一顿。"

就在此时，美丽的西塔立刻从牛车上面下来了。她的臀部在紧身的衣裙之下开始扭动着，径直地朝神庙走去。也就十五秒的工夫，最为惊悚的画面便浮现在她的眼前。

看到这一幕，西塔抬起双臂，眼珠子差点从眼窝里凸瞪出来。她瘫倒在地，失去了意识。然而，这对于她来说也是徒劳无益的，什么也帮不上。从她在牛车上孤零零地坐着开始，便有意无意地等待这场灾难的发生。此时，不幸的西塔逐渐从昏迷中醒了过来。虽然有了意识，但场景仍然像先前一样。好在她的体格还算不错，要不然又得昏过去。只见她蜷缩在石路上，手指伸进头发里，一动不动地盯着那两个身首异处的脑袋，呆呆地望着那两具交叠躺着的身体，眼睁睁地看着那缓缓流淌的鲜血。

"啊，众神灵、圣人们以及修行者们！"她用青紫的嘴唇低语道，"我该如何活下去啊。这两个人，都突然之间离我而去了。一切都完了！我的丈夫、我的一家之主——施里达曼，这个同我一起绕着篝火行进的人，这个拥有文雅可敬的头颅、身躯依然温热的人，这个曾在神圣的新婚之夜让我体会性爱美好的人，现在已经身首异处了。另一个人——南达，状况也好不到哪儿去。这个曾帮我荡秋千的人，这个曾帮施里达曼向我提亲的人，脑袋和身体血淋淋地分了家，实在令人不忍。他躺在那里一动不动,但胸前那一缕'福牛'毛发依旧清晰可见。他活着的时候多么欢快，多么有活力，现在没了脑袋，该变成什么样子呢？如果可以的话，我会抚摸他，感受他臂膀、大腿的健硕与魅力。但我无能为力。因为血腥和死亡已经造就了一堵屏障，就像名誉和友谊在过去所设置的障碍那样。他们互相把对方的脑袋砍了下来，竟然出于一个'你我皆知'的原因。他们的愤愤之情从身体内爆发，犹如火上浇油般愈演愈烈、难以熄灭。两人之间肯定是发生了激烈的争吵，要不然不会导致这样惊恐事件的发生。

"我好像目睹了一切。这里只有一把剑，难道是南达握着的吗？令人费解的是，他们是如何拿着这把唯一的剑相互搏杀呢？施里达曼，摒弃了所有的才智和文雅，手握这把剑，朝着南达的脖子刺去，给了南达致命一击。可是，南达——却不会这样做！南达，出于一些让我惧怕的理由，割下了施里达曼的脑袋。可是，施里达曼——噢，不，他也不会这样做的！我还是不要胡思乱想了，多想无益。现如今，在这个恐怖的地方，眼前只有血腥和黑暗。只有一件事是清晰明了的，那就是，他们的行为与未开化的野蛮人本无二致，都统统忘记了我的存在。或许，他们正是因为我的原因，正是考虑到了我，所以才酿成了这样可怕的罪过。

"想到这里，我不禁叹息自己的可怜，同时也感到一阵恐慌。话又说回来，他们仅仅在关涉自己利益的时候才想到了我，而不是真真切切考虑我的利益，以此来同我建立联系。在他们做出疯狂举措的时候，从来不会为我着想，他们现在静静地躺在地上，两个人身首分家，也完全没有为我考虑。他们反而把问题推向了我，让我来收拾这个烂摊子。我又怎么知道下一步该怎么做呢？我什么也做不了，现在已经覆水难收了。

"难道让我当个寡妇，在以后的岁月中孤独终老吗？难道还要让我每天承受外人的闲言碎语和冷嘲热讽，说是因为我照顾不周才让丈夫毙命吗？通常情况下，这往往就是寡妇的宿命啊。要是我独自一人回到我的父亲和公爹那里，指不定会给我身上泼什么样的脏水呢！他们俩不能互相残杀对方，单单一把剑是不可能办到的。然而，还有第三人'独善其身'，而那个人就是我。别人肯定会说，我是一个放纵的女人，谋杀了自己的丈夫，还有他的好兄弟。证据就摆在眼前，无从抵赖。这种分析虽然不符合'事实'，但听起来却那么'无懈可击'。我是无辜的，但是谁会信呢？他们一定会给我冠以杀人犯的罪名。

"不，我不能算是一个无辜之人。如果哄骗自己有用的话，那么我花点功夫也是值得的，当然这是在事情还没有尘埃落定的情况下。现在看来，已经无济于事了。我也不是无辜的，早就不是了。如果把我定性为一个放纵的女人，也并不是完全没道理，只不过不像人们认为的那样。不是有一种行动叫'错误的正义'吗？我必须要挽回'错误'的局面，一定为自己主持'正义'。我势必要跟随他们的脚步，陪他们一起殉葬，除此之外，我也想不出来其他办法了。

"可惜，我的双手纤细瘦小、颤抖哆嗦，握不了这把剑，也无法毁坏属于我的这具身体。虽然诱惑重重，但软弱更甚啊。这样的爱情，也太可惜了！它会变得像躺在地上的那两个人一样，僵硬冷漠、毫无生气，不会激起任何欲望，也不会遭受任何淫邪了。如果我这样做的话，在所难免的是，牺牲者的数量会跃升至四人。我肚子里的那个孩子会对生活有什么信念呢？他被如此不幸的命运挫伤，也注定是一个脸色苍白、先天失明的残疾人。这源于我的遭遇。我只能苍白无力地应对整件事所带来的困扰，紧闭双眼面对那个离我而去的人。我该怎么办呢？让我看看，让我想想，我究竟该做些什么呢？"

西塔站起身来，踉跄地前后走动，蹒跚地走上了台阶。她的眼睛还不忘盯着这个恐怖场面。紧接着，她便穿过神庙，来到岩洞外面。在神庙的正前方，矗立着一株无花果树，上面爬满了藤本植物。她抓起一根藤条，系了一个套索，套住了脖子，打算勒死自己。

第八章

可就在刹那间，一个声音浮现在她的耳畔。毋庸置疑，声音只能来自杜尔迦女神、提毗女神以及无与伦比的"世界圣母"——恐怖的卡利女神。女神的声音深沉、刺耳，但又不乏仁慈、坚定。

"你想瞬间就结束自己的生命吗？你真是太傻了啊。"那个声音继续说道，"我的两个子民的血液已经流入了沟渠，你觉得还远远不够吗？你难道还想毁了我的树吗？你还想让自己的身体——我的美丽化身——变成一堆腐肉，从而成为乌鸦的食物吗？你难道不知道，你的身体里已经怀有我的子民了吗？你真的太蠢了，你个傻女人。你如果还想不通的话，那就上吊自尽吧！但是不要在我的地界内上吊。这看上去就是，由于你自己的愚蠢，致使一个如此珍贵的小生命立刻消逝于人间。我的耳朵已经被那些聒噪的哲学家的说教所填满，他们总是说，人的存在如同疾病的传播，前一代人通过爱欲传染给下一代人。如今，你这个傻女人也在给我开这种玩笑！此刻，赶紧从套索中解开你的脖子，否则我就要开始赏你巴掌了！"

"神圣的女神啊，"西塔回应道，"当然了，我一定会遵从您的教诲。听到您那雷鸣般的声音，我立刻停下了刚才的傻事，不敢违抗您的指令，哪怕一丝一毫！但是，我还是想要为自己辩解几句。先前我完全没有意识到自己的处境，也不知道您会中止我的行为，更没想到您会赐福于我。我能预料到的是，我的孩子十有八九会苍白无力、先天失明，成为一个厄运缠身的残疾人。"

"这些事最好还是让我来操心吧，这压根不是你该考虑的。首先，你的这种想法完全像一个傻女人的所作所为——盲目迷信。其次，在我的子民那里，也确实存在着一些苍白无力、先天失明的残疾人。此刻，你得给我解释一番，为何我的两个子民的鲜血会流入神像前的沟渠里？他们两个人个顶个的出色，都年轻有为。当然，这并不是说，他们刚才的献祭不能讨好我。我想说的是，他们的鲜血在他们的血管里多流淌一些时日会更好。现在，你可要一五一十地告诉我，到底发生了什么？你要知道，我可是无所不知、无所不晓的，所以你要老实回答。"

70

"圣洁的女神啊！他们两个人互相杀死了对方，但我一无所知。他们只留我一个人在外面等待。他们因为我而发生了争吵，从而用同一把剑取了对方的首级……"

"纯属无稽之谈！也确实是，只有一个傻女人才能说出这样的话。算了，我还是实话告诉你吧。他们是为了献祭于我、为表虔诚，才一个接一个地了结了自己。可是，话又说回来，他们为什么要这么做呢？"

娇美的西塔抑制不住，开始哭了起来。她呜咽着说道：

"啊，神圣的女神！我知道这是我的过错，我也向您坦白一切。我无能为力，什么忙也帮不上。当然，发生这样的不幸，也是不可避免的。如果您准允我这样说的话，这可以称得上是一种宿命。"此刻，她连续抽泣了很多次，"这是一种宿命，也是一种充斥着不祥与邪恶的厄运，使我从一个天真鲁莽、羞涩内向、懵懂无知的少女变成了有夫之妇。原本的我，无忧无虑、平静祥和地依偎在父亲的暖炉旁，直至我认识了我的丈夫，并开始了解了一些您的事情。自此之后，我也逐渐变得快乐起来。就好像吃了有毒的浆果一样，慢慢地发生改变。长此以往，罪孽就如同难以拒绝的甜蜜一样，完全攻占了我那已经被唤起的、情窦初开的心房。我并不是希望回到那天真鲁莽、没头没脑的懵懂状态。我不会这样做，任何人也都不可能这样做。我想说的只是，以前的我一点也不了解男人。那时候，我不会与那些男人会面。他们不会烦扰我，我的灵魂也不受他们的牵绊。至于男人的那种神秘感，我一点也不感兴趣。我只会对他们说一些打趣的话罢了，仅此而已，然后就扬长而去，各奔东西。瞅一眼小伙子的胸膛，难道就会让我羞红了脸吗？看到他们的臂膀和大腿，就会让我目光闪烁吗？当然不会。实际上，这在我面前犹如空气般不值一提，不会扰乱我沉着冷静、镇定自若的心境，也不会激起我内心的丝丝涟漪。我对此事一窍不通。直到一个年轻小伙来到我家，情况才发生变化。他是牛福村的南达。他有一个塌鼻梁，长着一双黑眼睛，身材也很匀称。在节日里，他曾经在太阳下给我荡秋千，但我并没有十分感动。只有微风轻拂我的面庞，才会让我感到一丝暖意，除此之外，也没有什么能打动我了。为了表示感谢，我还特意地扭了一下他的鼻子。后来，他替他的好友施里达曼来我家求婚，我的父母也同意了这场婚事。可能在那时，当他代替朋友向我求婚、让我做他朋友的妻子时，我的不幸遭遇便开始接踵而至。施里达曼当时还不在那里，只有南达在场。

"他都在场。不论婚礼之前、婚礼当场，还是我们绕着篝火前行，以及之后的仪式，他一直都在。我指的是白天他都在场。夜半时分，我和他的朋友也就是我的丈夫施里达曼，我们就寝的时候，他当然不会在场。我和施里达曼可以称得上是天造地设的一对。我们在新婚之夜的花床上第一次享受鱼水之欢，他的阳刚之气与我的阴柔之美得以结合。他的阳刚之气消除了我的懵懂稚嫩，结束了我的贞洁之身，让我成了真正的女人。他有能力做到，为什么不能呢？他是您的子民，他知道如何进行身体接触，达成崇高的两性耦合。我只能热爱他、尊敬他以及畏惧他。啊，最神圣的女神！我能做的就是，爱我的男主人、我的丈夫，并且更加敬畏和尊重他的一切，包括他那端庄睿智的脑袋、柔软的胡须、炯炯有神的眼睛、和善的眼睑以及他的身体。可是，出于对他的敬意，我总是扪心自问，不论是他把我变成他的妻子，还是在甜蜜中改变了我原本少女的冷淡以及让我体悟感官的异常神秘感，这究竟符不符合他的做派呢？在我看来，这与他的人设还是不相称，与他的脑袋也不搭。当他每每在婚后的夜间转向我时，我总感觉这是一种羞耻，一种对于文雅品行的亵渎，一种堕落。作为一个觉醒者来说，我更有这种感触。

"永恒的女神，情况就是这样。如果可以的话，您责骂我吧，惩罚我吧。作为您的子民，即便在这个惊恐危急的时刻，我也依然向您坦白、向您忏悔，理所应当地像往常一样虔诚地敬畏您。我会谨记，您无所不知。在任何情况下，您的万物都要向您坦诚地敞开心扉。情欲这个东西，似乎与我丈夫施里达曼高贵端庄的形象毫不匹配。其实，情欲不论是与他的脑袋，还是与他的身体搭配起来，都不是特别合适。您应该也会赞同，身体其实是与情欲搭配的最重要的部分。然而，现在的状况是，我丈夫施里达曼的身体一动不动地躺在地上，可怜巴巴地与他的脑袋分了家，我们之间再也不能进行两性之间的性爱交合了。此刻，整颗心即便再渴望，也必须得搁置了。施里达曼的确激发了我的欲望，但却不能够让我得以满足，内心也得不到平息。女神啊，祈求您怜悯我吧！您的那一个已经被唤醒的子民，她的情欲需要得到更大的满足，这远胜于万千欢愉。

"不论在白天，还是在晚上我们睡觉的时候，我总是能够看到我们共同的朋友——长着山羊鼻的南达。我不单单看他一两眼，还会仔细地注视着他，因为婚姻已经教会了我，让我去如何端详、评判一个男人。有个难以启齿的问题，悄悄地浮现在我的脑海，甚至多次进入我的梦乡：南达是如何进行两性之间的交媾呢？他的谈吐远远不及丈夫施里达曼，如果能够和他而不是和我丈夫进行神圣的性爱，将会是一种怎样的体验呢？或许本无二致吧，没什么区别。我这样对自己说，你这个可怜虫，你品行恶毒、道德败坏，竟然背离了同自己那么般配的丈夫！你的丈夫、你的一家之主——施里达曼，是个颇有影响的名门望族。与之相比，南达的谈吐口才以及门第家世方面跟施里达曼比起来差得不是一星半点啊。话虽如此，这两个人看起来大相径庭，但却没什么区别呢，因为南达应该也不会有什么新的花样吧。但是，这个问题似乎无解。

"关于南达，我想说的是，他的情欲与他的脑袋以及四肢倒是很匹配。如果情欲在他身上发挥作用的话，想必也不会有任何羞耻感吧。他可能就是能够让我从欢愉迈向情欲的那个人。这个念头已经融入我的肉体和灵魂深处，无法自拔，就好像鱼钩已经死死地嵌在鱼的嘴巴里。由于鱼钩还有倒刺，便只能牢牢锁住那条鱼，怎么拔都拔不出来。

"南达时不时地在我和施里达曼的眼前出现，以至于每次我看到他的时候，总是对他想入非非。实际上，施里达曼和南达两兄弟之间谁也离不开谁，他们甚至已经不分彼此了。所以，两个人之间还有任何区别吗？在白天，我总能看到南达，即便在晚上的睡梦中，也不禁地会梦到他而不是施里达曼。我只要看到了他的胸膛，留意到那一缕'福牛'的毛发，注视到他那窄窄的髋部以及小小的臀部，就会如小鹿乱撞一般，难掩慌乱的内心。和南达相比，我的臀部比较宽大，而施里达曼的宽度界于我和南达之间。每当南达的手臂触碰到我的时候，我会感到欣喜万分，刹那间，汗毛便不自觉地竖了起来。当我看向他那双壮硕的腿时，注意到他那布满腿上的黑色汗毛时，观望他走路的样子时，甚至臆想到与他一起交耦的场面时，我便会感到一阵阵眩晕，两个乳房甚至还会向外面轻柔地分泌汁水。

"我觉得南达一天天地让我着迷，他愈发有魅力。我实在不能理解，当年他帮我荡秋千的时候，我看着他的面容，闻着他涂在皮肤上的那种芥末油的味道，为什么会如此'麻木'，没有一丝动心呢？现如今，他就像男性的神灵干闼婆[1]一样，拥有超凡脱俗的无限魅力。不仅如此，他还恰如年轻俊美的爱神，拥有惹人喜爱的外形，让人心驰神往。他还佩有神圣的装饰，戴着花环做成的项链，芳香动人、魅力无限，看起来就像是毗湿奴以黑天的形象下凡。

"所以啊，每当施里达曼在夜晚靠近我的身体，我总是很不自在，甚至有苦难言。因为靠近我的是施里达曼，而不是南达。于是，我紧闭双眼，幻想此刻拥抱我的那个人是南达。我在情欲达到高潮的时候，总是忍不住轻柔地喊出南达的名字，只有南达可以引起我强烈的欲望。施里达曼估计也意识到了，正躺在他温热怀抱中的娇妻，俨然已经背弃了他们忠贞不渝的婚姻关系。有时候，我也会在睡梦中喃喃自语，他一定听到过我梦中喊出的那个名字，这肯定已经刺痛了他的心。他变得忧郁了很多，也不再纠缠我了。我是从这些举动中推断出来的。自此之后，我们之间也没有了'周公之礼'。南达也不再接触我了，究其原因，并不是因为他对我没感觉，也并不是他没有动过心。我想说

1　干闼婆，又译乾闼婆。在印度教中，干闼婆是一种不吃酒肉只寻香气作为滋养、且会从身上发出香气的男性神灵。作为阿布沙罗斯的丈夫，干闼婆是帝释天属下职司雅乐的天神，负责为众神在宫殿里演奏美丽的音乐。此神经常住在地上的宝山之中，有时升至忉利天演奏天乐和种种奇妙的雅乐。有经文记载其形象为：顶上有八角冠，身相为赤肉色，身如大牛王，或者其他动物，如马或者鸟；左手执箫笛，右手执宝剑，具大威力相，发髻有焰鬘冠。

的是，他以前动过心，确确实实动过心。然而，出于对施里达曼的兄弟情谊，南达还是抵住了诱惑，而我也同样抵住了诱惑。永恒的女神，请相信我，如果南达未能抵住诱惑，出于对我的男主人、我的丈夫施里达曼的敬重，我也会让他果断离开我们的。如果这样的话，我身边估计也没有丈夫了。我们三个人之间，其实是处于一种自我克制的痛苦状态之中。

"神圣的'万物之母'啊，我们就是在这样的前提下，开启了探望我的父母的旅程。不幸的是，我们迷路了。之后，我们一路辗转才来到了您的神殿。施里达曼方才说，他想下车稍做停留，去您的神像前敬念祈祷。可是，在殿堂之上，在血祭的场景里，他无法摆脱心中的困扰，便做出了可怕的举动。他的四肢缺失了尊贵的头颅，或者说，他那尊贵的头颅没有了四肢。我也成为一个丈夫离我而去的女人，成了一个可怜的寡妇。他处于痛苦之中，这么做其实也是一种自我牺牲，是对于我这个罪人的一种宽恕与善意。仁慈的女神啊，请谅解我对您的坦白。实际上，施里达曼并不是为了您而献祭自己的生命。他是为了我，也为了他的兄弟南达，为了让我们能够在接下来的时日里享受肉体带来的愉悦。然而，万万没想到的是，南达会去神殿里找他。他接受不了好兄弟施里达曼的牺牲，所以他便毅然决然地也随他而去，让自己的脑袋与他那黑天般的身躯分了家。现在看来，僵死的躯体也没有一点用了。是的，毫无用处了。我的生活也如这个僵死的躯体一样没有任何意义，甚至有过之而无不及。我失去了丈夫，也失去了朋友。此刻的我，如同这两具躺在地上的躯干一样，也没了脑袋。我必须承认，我的不幸与罪过，肯定要归咎于我早些时候的言行。经历了这些事情，相信您应该也不会奇怪，为何我刚才要结束自己的生命了吧。"

"西塔啊，你果然是一个彻头彻尾的笨蛋，你确确实实就是一个傻女人，"女神用她那雷鸣般的声音对西塔说道，"南达，平常在干活或生活的时候完全就是一个普通人而已，他看上去再正常不过了，但你却对他充满了无休止的好奇，实在是荒唐可笑。我的千千万万的子民都有同样的臂膀，也用同样的腿奔走，但唯独南达在你眼中成了干闼婆！这也太可悲了吧。"女神用她那神圣且更加和善的声音补充道，"作为世间的圣母，总体来说，我也会认为这种肉欲很感人，但我必须承认人们渲染得言过其实了。话又说回来，即便如此，也要遵守三纲五常吧。"突然间，女神的声音再一次变得严厉起来，气势汹汹地说道，"我虽然是'叛逆之神'，但一定会遵守秩序，也会捍卫子民的婚姻不受侵犯。设想一下，倘若我总是屈服于我的善良本性，总是做好事、存好心，那么所有的万事万物也无秩序可讲了，只会变得一团糟。对于你的所作所为，倘若仅仅用'不满意'来形容，也只是说得过轻了。你在这儿给我摆出了这样一道难题，还当着我的面说了那么多不得体的话。

你让我明白了，我的子民并没有把自己的生命当作祭品，让他们的血流到我的祭坛上。你刚才说，第一个人把自己的生命献给了你，然后第二个人又紧跟着第一个人的步伐而殉葬。单单是为了你，而不是为我献祭，这都是什么样的论调呢？一个人怎么能完全砍下自己的脑袋呢？这不是简单地割断自己的喉咙，而是按照祭祀的仪式砍下脑袋。就像你的丈夫施里达曼那样，况且还是一个受过教育的文化人。只可惜他在情爱方面表现得并不是那么突出，也不能够从我给他体内注入的激情中汲取必要的力量和野性。所以，此刻请停止你的论调吧，暂且不去追究你的话中究竟有多少道理可言！因为你的行为包含着诸多动机的成分，属于一种错综复杂的行为，所以你刚才话中可能有合理之处。对于我的子民施里达曼来说，他的献祭并不完全是为了得到我的恩赐。实际上，不知道他自己是否清楚，他的所作所为俨然成了你的苦痛。而南达的牺牲同样引发一个不可避免的悲剧。我对他们的献祭不感兴趣，也不愿意接受他们的献祭。那么，如果我现在把他们俩的献祭'如数奉还'，把一切恢复原状，我能否期待你今后的行为举止会变得正派得体呢？"

"啊，神圣的女神，亲爱的圣母！"西塔泪眼婆娑地哭泣着，"如果您能够'奉还'他们的献祭，'撤销'这些可怕的行为，把丈夫和朋友还给我，让一切都恢复原样，我将向您致以最崇高的敬意！以后，我甚至会控制我的睡梦，克制梦中的话语，让高贵的施里达曼不再饱受忧愁折磨。如果您能够应允，让他们的脑袋回归原处，我会感激涕零！在此之前，我踏入神殿目睹的一切，确实让人闻风丧胆。我清楚地意识到不可能有别的结果，已然成为定局了。此刻，如果您有能力，可以成功扭转这个困境，使它往好的方向发展，那对于我来说，便皆大欢喜了。"

　　"你刚刚所说的'有能力'以及'可以成功扭转困境'是什么意思呢？"女神用她那神圣的声音驳斥道，"希望你不要怀疑我的能力，这种事对我来说再简单不过了！在这个世界上，我不止一次地向世人证明了这一点。我必须承认，我为你感到遗憾。我可怜你和你腹中那个苍白无力、先天失明的胎儿，虽然这是你咎由自取。神殿里躺在地上的那两个年轻人，我也很同情他们。此刻，你得竖起你的耳朵，一字一句听清楚我对你说的话！现在，放下那根藤蔓吧。你得回到我的神殿，来到我的神像跟前，目视着那个因你而起的可怕场景。要记住，千万别再眩晕了，也别再呜咽了！你需要揪住这两个人的头发，提起他们的脑袋，把脑袋重新安放在他们的身体上面。然后，你要用祭祀之剑的利刃为他们的切口祈福，要连续两次呼唤我的名字。你可以呼唤'杜尔迦'或'卡利'，或者干脆直接叫'提毗'（梵语中'女神'的意思），这都不要紧。之后，这两个年轻人就会重新恢复生机。你明白我的意思了吗？你会感觉到他们的脑袋和身体之间有着强烈的吸引力，切记不要让脑袋太快接近身体。因为已经溢出的血需要时间才能流回去，重新进入他们的体内。虽然这两个人恢复的速度快得离奇，但毕竟还得需要一点时间。我希望你已经听懂了我的话。那就快去吧！你要细心谨慎，不要因为急于求成而把两个脑袋前后安反了。这样他们以后就得脸朝后行走了，势必会成为路人的笑柄。快开始吧！如果拖到明天，就为时已晚了。"

第九章

　　听罢，娇美的西塔没有任何回应，甚至也没有对女神言及任何致谢的话。此刻的她，即刻跳起身来，长袍还在身上舞动着，一溜烟地径直蹿入了女神的神殿。她跑过大厅，穿过入口门厅，终于来到了神圣的内殿。她面对着女神那肃穆可怕的神像，热情饱满、精神抖擞地开始了预设的任务，其间还不乏流露出些许激动和紧张的神情。实际上，脑袋和身体之间的吸引力并没有女神刚才说的那么强烈。虽然血液回流到血管还是需要一定时间的，但可以感受到的是，血液正以惊人的速度和生动的拍打声流转着。西塔用祭祀之剑的利刃为他们的切口祈福，并且用她那喜悦而激动的声音呼唤了女神的尊名三次。毋庸置疑，这起到了很大的作用。此刻,脑袋都已经安在了施里达曼和南达的项上,看不出有任何疤痕和刀记。两个人站在西塔的面前,看着西塔,同时也端详他们自己。他们互相打量着对方,因为端详自己的前提还得要互相打量对方。这就是他们"复原"的过程。

西塔!你究竟做了什么啊?或者说,发生了什么呢?抑或说,你的仓促行为,产生了什么样的后果呢?总之,一句话(为了提出问题,以便能够恰当地认识到"所做之事"和"发生之事"之间的模糊界限),你到底怎么了?你刚才难掩兴奋之情,这是可以理解的。你在做这件事的时候,能不能把你的眼睛睁大一点?不,你并没有把这两人的脑袋前后安反,没有让他们脸朝后,你确实没有这样做。但是,不论是直截了当地说出你的遭遇,还是以"不幸""错误""混乱"来形容这个惊人的经过,或者是不管你们三个人想怎么称呼它都行,你们即将面临这样的情况:你把其中的一个脑袋安在了另一个人身上,并且用剑快速地封固了起来。南达的脑袋与施里达曼的身体配成了一对儿(如果能把没有脑袋的身体称呼为施里达曼的话),施里达曼的脑袋和南达的身体组装在了一起(如果没有脑袋的南达还算是南达的话)。总而言之,虽然施里达曼和南达看起来毫发无损地出现在你面前了,但是两个人已经完全乱了套。你所看到的南达(如果那顶着平凡脑袋的人是南达的话),穿着罩衫和长裤般的垂褶衣,但衣服里面包裹着的是施里达曼文弱圆润的身体。你也能够看到施里达曼（如果给他配备了和善儒雅的脑袋），以南达健硕的姿态站在你面前，他的"福牛"毛发映衬着那宽厚古铜色胸膛前的珠宝链条。

这是怎样的一种状况呢？所有的一切都是西塔太过匆忙所致！曾经死去的两个人，现在虽然活了过来，但是却被粗心的西塔搞错了。丈夫的身体和朋友的脑袋搭在了一起，而丈夫的脑袋也安在了朋友身上。即便听到三个人的惊叫声在岩洞里回荡好久，也不足为奇了。此刻拥有南达脑袋的这个人触摸着自己的臂膀和四肢，实际上这个身体曾经附属于施里达曼那高贵的脑袋。而施里达曼（如果我们把脑袋作为判断一个人称谓的决定性因素的话）则满脸尴尬地站在那里，试图自发地查看自己的身体，但这个身体原本却与南达的平凡脑袋搭在一起。至于创作这一新秩序的始作俑者——西塔，伴着喜悦声、哭泣声，并带着大声的哀号和悔恨的眼泪，不停地从一个人那里跑到另一个人那里。她先是拥抱了其中一个，然后又拥抱了另一个，最后扑倒在他们的脚下，在抽泣和大笑之间忏悔着所发生的一切，也承认了她所犯下的令人扼腕的疏误。

"请原谅我吧，如果可以的话！"西塔哀求道，"原谅我吧，亲爱的施里达曼！"她转向施里达曼，对着他的脑袋说着，而故意忽略了依附于脑袋的南达的身体。"也请你原谅我吧，南达。"她同样对着南达的脑袋说着，但都无济于事。她依然把脑袋作为至关重要的主体，而依附于脑袋之下的施里达曼的身体被看作是无足轻重的附属品。"噢，你们一定要原谅我啊！回想一下，你们下定决心相继采取了可怕的行动，把我推入了一个绝望的境地。我当时准备寻短见，正在这个时候，我听到了神圣威严的女神的声音，我与她进行了一场交谈。女神雷鸣般的声音，几乎让我丧失了判断力！在那之后，你们就会知道，我在执行她命令的时候，没能沉着冷静。我的眼前一片模糊，也分不清这究竟是谁的脑袋，谁的身体。我只能碰碰运气了，也自以为'搭配'无误。在我看来，这样做至少有一半的概率是正确的，虽然另外一半的概率也不容忽视。现在，结果就摆在眼前，你们也都看到了，我确实把你们搞错了。但是话又说回来，我怎么能够知道脑袋和身体的吸引力大小究竟是多少合适呢？我承认吸引力确实是有的，并且还很强大，如果换另一种拼合方式，说不定吸引力会更强呢。如果非要追责的话，女神是不是也得承担一些责任呢？她先前只警告过我不要把你们的脑袋前后安反，所以我安的时候很小心。至于会出现现在的这种状况，高高在上的女神或许从来就没有想过啊！现在告诉我吧，你们对这种复活方式是否感到万分绝望？你们会永远记恨我吗？如果你们真要这样的话，我还不如去岩洞外再次轻生，虽然上次在女神的干预下捡回一条命。如果你们愿意原谅我的话，可否考虑一下，基于这种换错脑袋的情况，我们三人之间如何开始一个崭新的、更加美满的生活呢？我的意思是，这可能比恢复到以前的状况要好得多。因为是以前的情况才导致了这样的后果。按照这样的判断，如果恢复到和以前一样的情况，势必会有同样的事情发生。你们发表一下意见吧！健硕的施里达曼，柔弱的南达，让我听听你们的看法吧。"

这两个被换错脑袋的年轻人俯身弯下腰，共同把西塔扶了起来。他们相互挽着对方的胳膊，三个人又哭又笑地相拥在一起。此刻，有两件事，一下子变得非常明了。一方面，西塔根据脑袋的所属来称呼他们，是非常止确的。很显然，他们各自的感觉和判断绝对是由脑袋来决定的。加尔嘎儿子的脑袋与肩部窄小、肤色浅淡的身体搭配在一起，这个人会觉得他自己就是南达。与此同时，另一个在宽大的青铜色肩膀上长着婆罗门后裔的脑袋的人，也知道自己就是施里达曼，并且会按照施里达曼的行事风格做事。另一方面，他们都没有因为西塔的疏忽大意而大发雷霆，反而在自己的新身份中找到了乐趣。

"如果南达，"施里达曼说道，"不会嫌弃现在依附于他脑袋的那个身体，也不会眷恋原本他那令我十分艳羡的黑天式胸毛，那么，我只能说我是世界上最幸福的那个人。我一直渴望自己能有这样的体格形态，现在梦想成真了。当我感受到我手臂上的肌肉线条，看着我那宽阔的肩膀和壮硕的双腿时，我就会乐得合不拢嘴，自己别提有多满意了。

我会对自己说，从现在开始，我与以前不同了，我将以一种全新的面貌昂首挺胸，向前看！首先，我对力量和俊美有了重新的认识。其次，我的精神倾向将与我的身体构造相互融合、协调一致，不会存在任何不匹配的东西，也不会发生任何的谬误。我赞成宗教仪式简化，主张让牛群绕过光明峰，而不是践行婆罗门的仪式，这种种想法将不再被认为是错误的，现在看起来很正确。先前认为不合时宜的东西，现在也不会再大惊小怪了。当然，我亲爱的朋友们，有一种'可悲之处'啊，那就是陌生的或别人的东西现在成了我自己的了。我也不再是渴望和羡慕别人的对象，我现在只能钦佩我自己。总之，我赞同拜山活动而不是因陀罗节日，仅仅是出于我自己的想法，而不是为别人效劳。是的，的确可悲，我承认现在我变成了我曾经向往的那个人。可是，亲爱的西塔，我一想到你啊，这种可悲之情就烟消云散了。因为你比我自己的想法更重要，你将从我的新身份中获得好处，我现在非常自豪，也非常高兴。就我而言，我只能赞美这个奇迹的发生：'锡亚'，真的太棒了！"

"你至少应该正确说出'锡亚特'这个词，"南达回应道，可以发现，他的眼神已经在朋友说最后一句话时渐渐暗了下来，"不要让你的谈吐受到那些乡巴佬的影响。你倒是乐此不疲啊，我对此可不怎么感兴趣，就我而言，我已经'拥有'它们太久了。西塔，我不会对你有任何怨言。

实际上，我也对这种奇迹赞不绝口，它实在是太棒了。一直以来，我都渴望拥有像施里达曼那样苗条的身体。现如今，我的愿望也达成了。当我为因陀罗念经和反对仪式简化而发言时，我现在的立场比以前更适合我，或者说更适合我的身体(如果说不适合我的脸的话)。施里达曼，这或许对于你无关紧要，但对我来说，是至关重要的。西塔，我对此一点也不惊讶啊。当你把我们的头和身体错放在一起时，依然显示出如此强烈的吸引力。很显然，是友谊的力量把我和施里达曼联系在一起，我只能希望我们的友谊不会因为这件事而受到不好的影响。但是，有些话我还是想要说一下。我那可怜的脑袋不得不为依附于它的身体着想，来行使它的权利。我对施里达曼所言及的关于西塔今后婚姻状况的一些话惊讶不已，也感到沮丧不堪。我认为这里没有任何东西可以被视为'理所当然'，这里存在一个很大的问题，而我的头脑对它做出的回答与你的回答完全不同。"

"啊，怎么会呢？"西塔和施里达曼异口同声地喊道。

"怎么会呢？"这位四肢纤细的朋友重复道，"你们怎么能这样问呢？对于我来说，我的身体是最重要的东西，在这一点上，我是基于婚姻的理念来考虑的。因为孩子是用身体生的，而不是用头生的。我想看看谁会否认我是西塔腹中孩子的父亲这一事实。"

"振作起来吧，南达，"施里达曼一边喊着，一边不由自主地活动了一下他那有力的四肢，"想想你在说什么。你就是南达啊，要不然你是谁呢？"

"我确实是南达，"另一人答复道，"但是，我完全可以把这个已婚的丈夫的身体说成是自己的，用'我'来代指。这个有着娇美身形的西塔是我的妻子，她腹中怀的也是我的孩子。"

"什么？"施里达曼声音颤抖地反问道，"真的是这样吗？即便你现在的身体还是我的，即便我睡在西塔的身边，我都没有这样想过。她真正拥抱的不是我当时的那个身体，当她在睡梦中喃喃自语的时候，我悲痛万分，因为她想拥抱的却恰恰是我现在的这个身体。我的朋友，你触及我的痛苦过往，也迫使我不得不谈论它们，这很不地道啊。你刚刚说的什么关于你的脑袋或者你的身体的种种言论，是怎么想出来的呢？就好像你已经变成了我，而我变成了你！设想一下，如果发生了一种合乎常理的角色转换，你成为施里达曼，成了西塔的丈夫，而我变成了南达，其实也就不会有任何改变，一切都会保持原状。这个幸运的奇迹就在于，在西塔的手中，只发生了脑袋和肢体的交换，而我们起决定性的脑袋都在欢呼雀跃。最重要的是，我们之所以这么开心是因为能够为娇美的西塔带来幸福。然而，你却在这里固执地认为，你现在的身体是一个已婚男人的身体，是西塔的丈夫，而把你原本作为朋友的角色分配给我！你的这种想法是可耻的。你表现出一种不厚道的'利己主义'倾向。你只考虑你自己，根本不考虑她将如何从这种换位中获得幸福？如何带来好处？"

"这会给西塔带来好处，西塔会获益，就像你所说的那样，"南达不无痛苦地反驳道，"那么，从哪里获益呢？从你现在自豪地称之为自己的优势中获益！如此看来，你像我一样自私自利，也应该遭受谴责。此外，你完全误解我的意思了。我刚才所说的并不是基于我现在拥有的这个丈夫的身体，而是我自己脑袋的想法。刚才你也说了，脑袋起了决定性的作用，它和我那纤细的身体结合在一起，共同组成了南达。你非常武断地认为，我不像你那样关心西塔，简直是污蔑。她看着我的时候，总是用她那甜美的颤音和轻快的声音说话，我害怕听到她的声音，以免我用同样的语调回应她。于是，她会注视着我的脸，盯着我的眼睛，试图用她自己的眼睛来读懂其中的内容。同时，还称呼我为'南达'或'亲爱的南达'。当时我觉得，这似乎是不必要的，也是多余的，现在看来，它有很大的精神要义。这表明她称呼我时，并不是指我的身体。我的身体本身配不上这个名字，你自己也已经证明了这一点。就像现在你有了我的身体，却仍然一如既往地称自己为施里达曼那样。我没有跟她说过额外的话，只会在一些必要的事情上才说几句（甚至几乎没有），以免落入同样的颤音和心潮澎湃的语调之中。我没有叫过她的名字，我也尽力低着头避开她，不让她从我眼睛中看出什么。所有这些都是出于对朋友的忠诚和对你婚后生活的尊重。让我想起，她曾经深深地探寻这双眼睛中的内容，嘴里还念叨着'南达'或'亲爱的南达'，这一切都指向了这颗脑袋。现如今，这颗脑袋还拥有了丈夫的身体，而情况也从根本上发生改变，这对我和西塔都有好处。实际上，最有利的还是西塔。如果我们把她的幸福感和满足感放在首位的话，除了我所说的，也肯定没有更纯粹、更完美的解决方案了。"

"简直在胡说八道，"施里达曼回应道，"我从来没想到你会有这样的论调。我原本还担心，你会不会嫌弃我的身体呢。现在看来，我为我以前的身体感到不值，它或许会因为配搭了你的脑袋而感到羞耻。你把你自己卷入这样的矛盾之中，随随便便就把脑袋和身体作为婚姻中重要的东西！我以前认为，你一直是个谦虚的年轻小伙子，但现在你一下子就把自己标榜到'自以为是'的高度，把自己的处境说得那么纯洁、那么完美，这样只为确保西塔能够幸福。你的观点，我真的不能苟同。很明显，我才是最好的选择，也就是说，只有我才能够给西塔提供最幸福、最'让人安心'的条件。此刻，咱们再谈下去没有任何意义，估计也不会达成和解。西塔就站在咱们跟前，现在就让她说出她想跟谁过吧，也让她对我们的幸福以及她自己的幸福做出抉择。"

西塔迷惑不解地看看南达，又看看施里达曼。然后，她便把脸埋在手心里，失声痛哭了起来。

"我实在做不出任何选择，"她啜泣地说着，"别再逼我了，我只是一个可怜的女人而已，这对我来说太难了。一开始的时候，这似乎很容易，无论我对自己的错误多么羞愧，但我还是很高兴，尤其是看到你们两个被搞错的时候也表现出开心的样子。你们的争论使我的头脑迷惑不解，好像我的心被劈成两半，以至于一半辩驳着另一半，就像你们彼此之间驳斥对方那样。亲爱的施里达曼，你刚才所说的话，的确有合理之处。在这方面，你倒没有强行认为，我只能和一个具有你特征的丈夫回家。然而，南达的想法却让我充满了怜悯之情。当我看到他的身体缺失了原本的那个脑袋，我会不禁地伤心难过，这也就让我不得不同意他的观点。当我对他说'亲爱的南达'时，我很有可能是指他的脑袋，而不是他的身体啊。可是，亲爱的施里达曼，你用了'让人安心'这个词，确实很难说究竟是我丈夫的脑袋还是我丈夫的身体会让我更安心呢？请不要折磨我！我没有能力去处理这个问题，没有能力解开这个谜题，也没有能力来抉择你们究竟谁是我的丈夫！"

"事已至此，"南达在沉默了一会儿之后，继续说道，"如果西塔不能在我们之间做出抉择的话，那么必须得求助于第三方，如果还不够的话，还得请第四方来裁定了。西塔刚才说，她只能和一个具有施里达曼特征的男人回家时，我心里就在想，她和我不是回家，而是将在某个人迹罕至的地方生活，如果她认为和我一起的生活会'让人安心'

的话。我不得不承认，长久以来，渴望隐退、想要独处的想法一直在我的心头萦绕。尤其是当西塔时不时喃喃自语时，我总是为我的友谊忠诚度感到自责，我还不如在林子里做一个隐士，这样难得清静、一了百了。我以前认识这样一个苦行僧。他叫卡马达马纳，在禁欲苦行方面很有造诣。他能够给我一些隐居修行的指点。我在丹卡卡森林拜访过他，他住在那里。森林里还住着许多圣徒。他原本的姓氏是古哈，但他给自己取了卡马达马纳这个隐士名字。如果可以的话，他总是希望别人能用这个名字称呼他。多年来，他一直住在森林中，在净身沐浴和举止言行方面也遵守着严格的戒律。不得不承认，他应该离修成正果不远了吧。现在，咱们不如去找这位对生命有深邃的认识、并且能战胜生活苦难的智者吧。我们可以告诉他我们三个人的遭遇，让他来评判西塔的幸福归属。如果你们同意的话，就让他决定我们中的哪一个可以作为西塔的丈夫，不妨以他的裁定为准吧。"

"好啊，这是个好办法，"西塔如释重负地喊道，"我赞同南达的提议，现在咱们就起身去找那个圣徒吧。"

"这样说的话，我明白了，"施里达曼说，"我们在这里遇到的是一个客观问题，从我们内部解决不了，只能寻求外在的智慧了。我同意这个提议，我也乐于接受智者的定夺。"

现在，他们达成了一致的意见，一起离开了女神的神殿，回到了岩洞外的牛车那里。这里出现了另一个问题，就是该由南达和施里达曼这两个人中的谁来赶车呢？其实，这是一个既关乎身体、又关乎头脑的问题。当然，南达知道去丹卡卡森林的路，一共需要两天的路程。他把这一切都记在脑子里。而施里达曼现在更适合执掌缰绳，这也是原来一直由南达所做的差事。所以，南达把现在的这件差事让给了施里达曼，自己和西塔一起坐在他身后，提示他应该走哪条路。

第十章

直到第三天，一行三人才终于到达丹卡卡森林。由于森林雨水充沛，所以枝叶繁茂、郁郁葱葱。能够看到，这里面还住着许多虔诚的圣徒。林子里十分空旷宽敞，这足以让每个圣徒都有足够的空间隐秘修行，也能够让他们独自拥有一片人迹罕至的荒僻之所。对于这几个朝拜者来说，要想在这么多的离群索居之处，找到卡马达马纳——这个欲望的征服者，并不是一件容易的事情。因为这里所有的隐士各自之间都没有任何往来，他们相互独立，对彼此之间的事情也一无所知。这里的每个隐士都坚守着自己的信念。他们在森林中茕茕孑立，周围也是荒无人烟。实际上，这里的圣徒也有等级之分。其中的一些圣徒曾经经历过当"一家之长"的阶段。现在由他们的妻子陪同，将余生投入一种相对来说较为适度的沉思和修行之中。另一些圣徒则恰恰相反。他们非常刻苦地练习瑜伽，彻底收敛自己的感官欲望，秉承着完全禁欲苦行的修行方式，总是与自己的肉体进行"搏斗"，想方设法来履行最严苛的誓言。他们奉行禁食斋戒，甚至可以容忍到身体的极限。他们在雨中赤身裸体，席地而眠。即便在寒冷的冬季，也无惧湿漉漉的衣物遮体。然而，在夏天的酷暑时分，他们又端正地坐在四堆柴火的正中央，以此来消耗他们的尘世之躯。他们身上的一部分肌肤随着汗液滴落，另一部分肌肤又在燥热的烘烤中蒸发。除此之外，他们还通过每次在地上翻滚数日、或者不停歇地用脚趾尖站立、或者通过快速站起和坐下来保持不断运动的状态，进一步为自己施加额外的罚诫。如果这种修行方式损害了他们的健康，这表明他们的神化时刻即将到来，那么他们就开始向北和向东进行最后的朝圣。其间，他们既不服用草药，也不食用任何可以充饥的植物根茎，只靠水和空气来维持最基本的生存，直到他们的身体完全垮掉才停下来。最终，他们的灵魂与梵天融为一体。

这三个拜访者把牛车停靠在森林边上，便下了车。他们看到有一个圣徒家庭在这里居住。这家人过着比较轻松自在的生活，在某种程度上来说，他们并未与外部世界完全"绝缘"。在一路的找寻中，他们经历了各种艰难险阻，也接连遇到了很多不同类别的圣徒。正如前面所说的那样，卡马达马纳居住在人迹罕至的荒野，这个地方是很难找到的。实际上，南达曾经在没有路的情况下，来过这片地方，这也就不可避免地继续由他带路。但是不得不承认，南达以前是依靠着原有的身体探路的。现如今，他的身体被替换了，这也妨碍了他对直觉的感知，其对于方位的判断也不同以往了。遗憾的是，居住在洞穴和树洞里面的居民也都不知道任何去路，或许他们是佯装不知道也未可知吧。不过，幸运的是，最终他们还是在几个以前做过"家长"的圣徒妻子的帮助下有所突破。也可以说，她们偷偷背着自己的丈夫，善意地给这三个拜访者指明了去路。他们几个人在旷野中度过了整整一天一夜之后，才到达了圣徒的居所。乍眼一看，这个圣徒脑袋花白，头发也乱蓬蓬的，两只手臂像干枯的树枝一样朝天竖起。只见他站在一个泥泞的水池中，水快淹没到脖子。他的精神高度集中，不受外界的干扰，天知道他在水中究竟站了多久啊！

出于对这个热情高涨的苦修者的敬畏之情，他们几个人并没有直接呼唤他的名字，而是耐心地等待着这位圣徒的训话。不知道是不是因为他压根没有看到他们，还是他其实已经看到了他们，这位苦修者毫无顾忌地又修行了一段时间。他们不得不继续等待一个小时。其间，三个人依然与水池保持一定的距离。圣徒的修行终于结束了，他赤身裸体地从水中走了出来，胡子和体毛上都还滴着水里的泥浆。他们察觉到，他的身上就像没有长肉一样，除了皮包骨，其他什么也没有。当他向等待许久的三人走近时，还不忘一把拿起从水池边取来的扫帚，轻轻地扫了扫脚前的地面。他们知道，圣徒之所以这样做是为了走路的时候，不压死任何可能出现在那里的小生命。即便是这样，他对这几位不速之客可就没那么和善了。当圣徒走过来的时候，他甚至还举起扫帚威胁他们，想要撵他们走。这也可能是因为他们的出现，致使他无意踩到某些地方，从而会发生一些不可挽回的"悲剧"。

"走开，"他朝他们喊道，"你们这群游手好闲的人，每天都无所事事！你们到我这个荒野之所，究竟是干什么来了？"

"尊敬的卡马达马纳，久仰您的大名，您是欲望的征服者，"南达谦虚地说道，"请原谅我们如此冒昧地前来拜会您，我们需要您的帮助！您的名声远扬，您的自我克制、苦行禁欲的修为被世人称赞。我们慕名而来，因为尘世困境让我们手足无措。您是智者中的泰斗，如果可以的话，还望您能指点一二，给我们提供一些有效的建议和忠告。不知道您对我还有没有印象呢？我曾经向您袒露心声，倾诉过我的过往和遭遇，当时是想聆听您在独居修行方面的见解，也想得到您对我的提点。"

"我或许应该认得你，对你还有一点印象。"这个修行者回应道。

他的眉毛依然竖起。通过眉毛下面那深邃的眼洞，他上下打量着南达。"至少我可能会认出你的这张脸。但是你的外形似乎应该在此期间经历了某种历练，我是否可以把它归功于你之前的朝拜呢？"

"先前的拜访确实令我受益匪浅，"南达欲言又止，却依然继续答道，"正如您所看到的那样，我的身形发生了变化，但其实还有另一层的原因。这还要源于一个故事，这个故事充满新奇色彩，有'泰山压顶之势'。我们三个人都是故事的主人公，所以专门向您来请教。现在，我们面对一个自己无法解决的难题，希望能够得到您的提点，我们也会遵从您的判断。希望您的自我克制力量会强大无比，以至于您能心平气和地听完我们的故事。"

"肯定没问题，"卡马达马纳回答道，"还没有人说我做不到呢。当然，刚才我第一个冲动就是想把你们从这片荒野之所赶走，你们这些人既是我想拒绝的欲念，又是我有意抵制的诱惑。如果说躲避人群是一种苦修，那么忍受他们就是更大的苦修了。你们暂且可以相信我。你们的到来以及你们所散发的生命之气不会压得我喘不过气来，也很难让我的脸颊泛起不快的红晕。你们的脸上倒是可以看到红晕，而我的脸上由于涂了一层灰烬，所以你们看不到。话又说回来，我之所以愿意留下你们，是因为我一开始就注意到你们一行三人中有一个女人。这个女人已长大成人、亭亭玉立，肯定能够带来很强的感官刺激。她像藤蔓一样纤细，大腿柔软，乳房丰满，哦，是的！哦，对！她的肚脐迷人、脸蛋可爱，还长有一双鹧鸪眼。她的乳房，我还是再重复一遍吧，丰满而挺拔。美丽的女人啊！当男人看到你时，他们身上的汗毛难道不会因为淫欲而竖起来吗？你们三人的烦恼，难道不是因你而起吗？你是陷阱，你也是诱惑！你好，欢迎你的到来！亲爱的女孩，我其实应该把这两个年轻人赶走，但考虑到他们和你在一起，所以也一同留下来吧，想待多久就待多久！我十分荣幸能够邀请你到我的树洞做客。在那里我将要用采摘的枣子招待你们。实际上，我采摘枣子不是为了食用，而是为了学会放弃。我会当着你们的面啃食树根，因为我这个尘世的躯体还得时不时地被滋养。即便你们的尘世之事足以让我窒息，但我还是会倾听，并且会逐字逐句地细听下去。没有人会指责卡马达马纳是个缺乏勇气的胆小鬼。但是不可否认，'勇气'和'好奇'这两个词，其实是很难区分的。我想听你来讲述你们的故事。我在这里闭关修炼许久，我的双眼也非常渴望看到这些尘世的烟火。如果仅仅是因为好奇心的驱使才选择来听的话，那么这种想法必须要被摒弃，要把它扼杀在萌芽状态。应该扼杀这种好奇心。如果是这样，那么我的勇气在哪里呢？这和枣子的情况是一样的。好奇的想法可能会诱使我把枣子放在身边，与其说是为了放弃它们，不如说是为了享受这种让人愉悦的景象。对此，毫无疑问，我会持有这样的观点，欣赏枣子的乐趣其实就是从吃掉它们的这一诱惑而来的。如果我没有把它们放在身边，我自己的生活会轻松很多。这样一来，对于'只为觊觎这一诱人的景象'的观点，人们也不会有所怀疑。哪怕我自己不吃枣子，而是让你们吃，我也能从你们的满足中得到享受。基于这一点，考虑到世间万物各种虚幻性的表现以及我和你之间的区别，不论是你们吃，还是我自己吃，其实本无二致。总之，苦行禁欲是一个无底洞，它深不可测。因为精神的诱惑与肉体的诱惑是混杂在一起的。整个过程其实就像在对付一条蛇一样，只要你砍掉一个头，它就会长出两个头。可是，这一切又是合情合理的，主要取决于勇气的力量。所以，跟我来吧，你们这些散发着尘世气息的男男女女，随我到树洞那里去吧。你们来告诉我，你们尘世生活中的种种困惑吧。你们爱说多少就说多少，我会认真地倾听。一切都只为了历练我的修为，为了纠正我的过错，也为了摆脱我这么做只为消遣的想法。让我排除杂念吧，越多越好，多多益善！"

说完这些话，圣徒便领着他们在丛林中走了一段路。其间，他总是小心翼翼地用扫帚在他面前扫来扫去。他们来到了他口中说的那个地方。这里有一棵巨大的古树——卡丹巴树，树上的枝叶郁郁葱葱。树干上只有一个树洞。卡马达马纳选择这个长满青苔的树洞作为栖居之所，并不是为了抵御天气、遮风避雨。即便没有这棵树，他也经常把自己的身体暴露在风雨中，在寒冷的天气里穿着湿漉漉的衣服，在最热的时候坐在火堆中间。至于树洞，只是为了展现自己的归属之处。此外，他所需要的树根、块茎和水果，以及供奉用的柴火、鲜花和青草，这些都要存放到树洞中。

在这里，他招呼客人们就座，三个人也都彬彬有礼地坐了下来。他们清楚地知道，三个人只是他苦修的对象而已，只为磨炼他的修为。圣徒按照自己的承诺，用枣子来招待他们。用餐过后，他们的饥饿感缓解了很多。与此同时，他自己则采取了一种苦修的姿态。他四肢不动，手臂僵直朝下，双膝挺立，想方设法让自己的手指和脚趾分开。他的精神高度集中，赤身裸体地矗立在那里，身上只剩下皮包骨了。由于施里达曼那聪慧的头脑占尽优势，所以讲故事的重任落到了他身上。于是，他以他现在的身体站在另一个人身边，讲述了一直困扰他们的事情。故事的最后就是，只能由"第四方"来解决这个让人烦恼的问题，要请一位圣徒或国王来做出裁定了。

施里达曼如实地讲着。他讲的时候，有些地方甚至用了（和前文）相同的表达。为了弄清问题的焦点，他只讲故事的最后阶段就足够了。可是，他从一开始就解释了事情的原委，以便让这个孑然一身的圣徒对此有进一步的了解。他首先讲述了南达的生活和他自己的过往，聊到了他们之间金石般坚韧的友谊，还提及了两个人在旅途中路过金蝇河的往事。紧接着，他还谈到了他的相思病，回想起了求婚过程和婚后经历。在讲述求婚盛宴的时候，他还加入了南达与西塔荡秋千的往事。至于其他细节，比如他婚后生活的苦痛体验，也都委婉地进行了描述或暗示。他并没有忽略自己的存在。因为曾经帮西塔荡秋千的那个有力臂膀现在长在他的身上，西塔曾经在睡梦中梦寐以求的身体现在也是他的了。反而，这是为了顾及西塔的感受。对她来说，这一切都不可能让她开心。在整个叙述过程中，她的小脑袋一直都裹在她的绣花围巾里。

施里达曼太了不起了。他聪慧的脑袋没有让人失望，也证明了他是一个优秀和老练的讲述者。尽管这个故事听起来很瘆人，但是从头到尾知晓整件事情经过的西塔和南达，也饶有兴致地从施里达曼的嘴里再一次听到了自己的故事。而一直保持着苦修姿势不变的卡马达马纳，则听得津津有味，这个故事俨然吸引了他的注意。不仅如此，施里达曼还描述了他自己和南达的献祭行为、女神对西塔的恩惠，以及西塔在换头过程中所犯下的"情有可原"的错误，等等。当讲到最后的时候，他提出了一个问题。

"实际上，情况就是这样，"他说道，"朋友的身体赐给了丈夫的脑袋，朋友的脑袋和丈夫的身体搭在了一起。那么，神圣的卡马达马纳，请用您的智慧，为我们的困境提出解决方案吧。不论您的裁定偏向哪一方，我们都会遵从，并按此行事。我们自己无法抉择，只能依靠您。试问，眼前的这个身材丰满、体形娇美的女人究竟属于谁，谁又是她真正的丈夫呢？"

"是啊，请您告诉我们吧，告诉我们吧，欲望的征服者！"南达满怀信心地大声呼喊着。西塔只是匆忙地从头上拉下她的面纱，一双莲花似的眼睛满怀期待地看着卡马达马纳。

卡马达马纳将他的手指和脚趾并拢，深深地叹了一口气。然后他拿起扫帚，在地上扫出一小块地方，以便不会伤害到任何小生命。之后，他便和他的客人们一起坐下。

"哎！"他回应道，"我只能说，你们三个的故事对我的苦修'大有裨益'。原本，我满怀期待地打算听一个充满尘世气息的故事。这可倒好，你们听得我汗毛直竖、冷汗直流。对我来说，即便在最炎热的夏天，我卧坐在四堆火中间，也比现在好受多了。要是先前没有用灰烬擦拭我的脸，你们肯定能够看到我消瘦的脸颊上泛起的阵阵红晕，或者说，它甚至已经烙印在我的骨头上了。啊，孩子们，孩子们！你们就像是一头被蒙住眼睛的牛在油坊的磨盘旁边转来转去那样，也在生命的轮轴上打转。你们的肉体被'六个伙计'的激情牵制着、刺痛着、抽打着，这全是拜欲望所赐。难道你们不会逃离吗？你们还必须行进下去吗？难道还要继续窥视、舔舐、谄媚吗？当你们幻想的对象出现在眼前时，你的膝盖会因欲望而屈服吗？是的，是的，我知道，我知道这一切：爱情的身体沾满了苦涩的欲望；四肢在缎子般细滑的皮肤下滑动；圆润的肩膀好似矗立起一座高贵的拱门；鼻子在嗅着味道；诱人的嘴巴在寻找东西；娇美的乳房上装饰着温柔的星星；汗水在凹陷腋下浸湿了毛发；美丽的臀部，精细的腰部，柔软的背部；快乐的双臂在环绕，健美的大腿，清凉的臀部……直到所有的欲望都被激发出来，他们在热气腾腾的黑暗中交合，每个人都在催促对方捕捉更多的欢愉，他们把彼此推向了狂欢的天堂。不论这样，还是那样，甚至所有的事情，我全都懂。我知道一切！"

"可是，伟大的卡马达马纳，我们也懂啊，也知道这些啊。"南达说道，他的声音中带着些许克制，也有一些不耐烦的情绪，"您能不能直截了当地告诉我们，谁才是西塔的丈夫？您得让我们知道最终结果，这样我们才能按照您的裁定进行相应的安排。"

"至于这个裁定嘛，"卡马达马纳回答说，"给出来，其实并不难啊，这是明摆着的事情。但是，我惊讶的是，你们对事物本质的认知还不够深入，致使你们在一件容易得不能再容易的事情上还需要找一个法官。当然，这个女人的丈夫，就是肩膀上扛着朋友（南达）脑袋的那个人。因为在婚姻中，人们总是将右手伸向新娘，而手属于身体的一部分。照现在来看，另一个人就是你的朋友。"

此刻，南达欢呼起来，身体也一跃而起。可是，西塔和施里达曼却低着头静静地坐在那儿。

"话还没说完呢，这只是前提，"卡马达马纳抬高声调，继续说着，"接下来的结论将超越它、胜过它，真理也会为它加冕。请以此结论为准，你们稍安毋躁。"

说着，他站起身来，走进他的树洞，拿起一件粗布衣服——一种用薄树皮做的围裙，从而遮住了他的裸露身体。接下来，他说道：

"西塔的（真正）丈夫，就是扛着丈夫（施里达曼）脑袋的那个人。

这种说法，毋庸置疑。

正如女人被看作是至高的幸福、歌曲的源泉，

脑袋在整个身体中，也起着统摄的作用。"

听到圣徒的话，西塔和施里达曼一起把头抬了起来，高兴地看着对方。先前还欣喜若狂的南达，现在却用一种沮丧的声音说道：

"可是，您刚才可不是这样说的啊！"

"一切就按照我最后所说为准，最后的结论就是我的裁决！"卡马达马纳答复道。

于是乎，这个难题直到现在才有了解决方案。对于有教养的南达来说，他压根不可能否认这个结果，甚至也不会有丝毫怨言。因为让圣徒卡马达马纳给他们做裁定这个提议，也是南达率先提出的。他不可能违背这个圣徒靠着"勇敢"所做出的裁定。

当告别卡马达马纳的时候，他们三个人共同在这个圣徒面前鞠躬致谢。之后，他们走了一段路，相互之间沉默不语，一同穿过雨后草木茂盛的丹卡卡森林。紧接着，南达停下了脚步，向西塔和施里达曼告别。

"我祝你们一切安好，幸福美满！"南达说道，"现在，我要开始规划我自己的行程了。我要找到一个人迹罕至的地方，当一个隐士，就像我以前所预想的那样。总之，我自己觉得，就目前的生活来看，我还是对这个世界不甚了解，所以，有必要进一步去思考它、探索它。"

关于南达的这个决定，西塔和施里达曼也没有表现出任何不满，他们都尊重他的选择。尽管两个人还是有些沮丧，但也都没多说什么。他们纷纷对这位离去的好友展现出了和善之态，嘴里祝他好运，就像对待一个抽到下下签的人那样。施里达曼拍了拍曾经属于他的那个肩膀，以示鼓励。此外，他还以一种老交情的关心口吻劝导南达，希望他不要用苛刻的戒律来折磨自己的身体，也不要吃太多的块茎。他知道，这种单调的饮食并不适合南达，对后者的健康没啥好处。

"这是我自己的事，你也不必跟着操心了。"南达并不领情。当西塔也试图说出一些宽慰他的话时，南达也只是苦涩地摇了摇脑袋。

"你也不要太难过了，"西塔说道，"你要知道，其实你差一点就取得了'胜利'。你的身体，在未来的时日里将会和我进行合法的床第之欢。请相信我，我将永远对曾经属于你的一切——你的身体，展现出最甜蜜的温柔，表达最诚挚的爱慕。我会用手和嘴唇承谢你的身体对我的滋养，感激你给予我的快乐，就像神圣的女神教导我的那样。"

"自此之后，我将一无所获。"他固执地回应道。即便是西塔对他轻声细语地说"有时候，我还是会梦见你的脑袋"时，他依然无动于衷，神情也没有发生丝毫变化。

于是，他们就这样告别了。岔路的一边是南达，另一边是西塔和施里达曼。可是，当南达已经走出一段路的时候，西塔又回过头来追上去。她张开双臂紧紧拥抱了他。

"我们再会吧，"她说道，"毕竟，你是我的第一个男人。是你带给我爱的启蒙，第一次教会我如何去爱。不管刚才那个瘦得只剩下皮包骨的圣徒怎么谈论我们做妻子的，怎么评价女人的智慧，现在我想说的是，我腹中的那个胎儿是我们俩的结晶！"

说完之后，她向那个有着健硕身躯的施里达曼飞奔而去。

第十一章

　　一回到牛福村的家里，西塔和施里达曼便没日没夜地开始充分享受两性之间的欢愉。起初，也没有什么"阴影"能够遮蔽他们精心打造的幸福"天际"。我们用"起初"这一小小的字眼，来形容掠过一览无际的"天空"时的那一小片没有任何不祥预兆的"乌云"。当然，这些也仅仅是我们的补充而已，是从故事之外的叙述者的视角看到的景象。可是，生活在其中的人呐，也就是这个故事的主人公，却不知道"起初"的真正内涵。他们眼里所能看到的只有欢愉，并且双方都认为这种快乐在世间也是少有的。

　　这的确是一种"非同一般"的幸福，一种脱离尘世的幸福，一种专属于天堂的幸福。实际上，由于我们的道德秩序、社会压力等诸多条件的制约，普通人的尘世快乐，凡人得到的满足感，确实是有限的，也是适度的。"将就""放弃"和"认命"往往是普通人常见的命运归属。我们的欲望是无止境的，但如何实现欲望却成为一件难上加难的事情，因为它受到了严格的限制。人们前一句刚说出"如果我可以"，后一句就会在各方面遭到"这不行"的严厉回应与束缚。由此，生活立刻把我们拉回了现实，让我们保持清醒的头脑，默默接受我们能得到的东西。当然，它至少也会给我们几样东西吧，但更多的东西却被断然地禁止了。"被禁止"的东西在某一天也许能够打上"被赐予"的标签，这终究是一场梦，或者说，一场天堂般的美梦。在天堂里的那些"被禁止"的东西和"被赐予"的东西，在尘世间又是另外一回事。在天堂，它们是一体的，是合二为一的。美好的禁忌被加上合法的冠冕，而合法的东西则被赋予禁忌的全部魅力。那么，那些得不到满足的人又该怎样想象天堂的景象呢？

是啊，这种幸福有一种"不食人间烟火"的气息，俨然已经超凡脱俗了。也正是这种幸福，让回到牛福村的西塔和施里达曼接连轮转到一种变化无常的命运之中。这对伴侣尽情享受性爱的欢愉，永不停息地填满欲望的沟壑。对于西塔来说，丈夫和朋友曾是两个不同的人。现在呢，这两个人命中注定般合二为一了，听起来让人喜不自胜！他们每个人身上最独特的东西已经结合在一起了，形成了一个新个体，而这个新个体可以满足她所有的欲望。每天晚上，西塔在合法的婚床上，依偎着原本属于施里达曼朋友的强有力的臂膀，感受到他的兴奋和喜悦之情，这就像她曾经贴在丈夫施里达曼温柔的怀抱中那样，然后闭上眼睛，梦想着这些狂欢……与此同时，她依然满怀感激，忘情地亲吻着这位婆罗门后裔的脑袋。她是这个世界上最受宠的女人，因为她拥有这样一个令人羡慕的丈夫。可以说，她的丈夫集合所有人的优点，从头到脚完全由最好的东西搭配而成。

然而，施里达曼——这个已经大变样的丈夫，又何尝不会感到无比自豪和满心欢喜呢？我们暂且不必担心，他的变化是否会给他的父亲薄婆菩提或者他的母亲（她的名字在故事中没有出现，因为她在家里的地位也不是主要的）带来一些负面的印象，也不用担心是否会让婆罗门商人家庭的其他成员或村子里的其他人觉得有什么不妥之处。因为我们的这种忧虑完全是多余的。实际上，如果同样大变样的南达和施里达曼站在一起，旁人就很容易投以异样的目光。他们会认为两个人的身体变化肯定有什么不寻常之处，看上去多不自然啊。但是，话又说回来，按照他们的观点，就好像自然的东西是唯一正确的一样。好在，南达已经离我们而去了，也不可能再回到牛福村了，他现在已经过上了隐士的生活（他以前也时不时地表现出对这种生活的向往）。

蜕变的施里达曼，再加上蜕变的南达，两个大变样的年轻小伙站在一起的话，势必会引起别人的闲言碎语，但现在站在这里的只有施里达曼，也就很少有人关注到他了。即便有人注意到他的身形，他们也可能会猜测，施里达曼那古铜色的胸膛以及健硕的四肢，是否归功于婚姻生活对体格的影响呢？当然，对于西塔的丈夫或者说西塔的男主人来说，他并没有像南达一样，围着缠腰布在村里面到处走动，手上和脖子上也没有佩戴任何手镯和珍珠项链。他还是按照自己的穿衣风格来生活，身上依旧穿着一条下垂的长裤和一件棉布罩衫。显而易见的是，这些衣着与他的脑袋的确相得益彰啊。正如我们所看到的那样，这一切的一切足够证明，"脑袋是确立人身份的决定性因素"这一观点，是毋庸置疑的事实。试想一下，当你的儿子、兄弟或某个熟人进入房间时，大家只要看到他那熟悉的脑袋，哪怕他的外表有什么不妥之处或者与平时有什么大相径庭的地方，应该也不会有一丝疑虑吧，也不会说那个人就不是他本人吧！

在刚才的这段叙述中，我们俨然把西塔的幸福放在第一位。这就像施里达曼变身之后，也会优先考虑西塔的幸福一样。在他看来，西塔的幸福明显地要优于自己的幸福。可是，我们需要承认的是，施里达曼的幸福与西塔的幸福是等价的，同样具有"天堂般"的特征。事实上，我们不妨把自己放在施里达曼的角度，来思考问题。在以前，他是一个从心爱之人的身边逃离退缩的人，因为他意识到自己的妻子竟然觊觎另一个人的怀抱。而现在，他扮演着一个无人能及的角色，能够为心爱之人提供她所渴望的一切。与西塔的幸福相比，他更加关注自己的幸福。当施里达曼第一眼看到西塔在沐浴净身时，他便爱上了苏曼特拉的这个女儿。这种爱如此深刻、如此热烈，甚至误以为自己得了一种致命的相思病。他的这种要死不活的状态，曾让那个粗俗的南达也感到滑稽可笑。那种猛烈的、痛苦的甚至是温柔的情感欲望，竟然被一个娇美可爱的女人点燃了。他立刻对这个女人表露出了个人的"自尊"。那种狂喜之情，很显然是精神和感官相互结合的产物，也是他整个身体共同作用的结果。即便如此，起主导作用的还得是他那婆罗门的脑袋，因为它被女神赋予了思想的热情和想象的力量。那颗脑袋的附属物，也就是施里达曼的身体，却显得不太重要。它并不能与脑袋"平起平坐"，就像在婚姻关系中所呈现的状态一样。我们现在在想，这样的一个人是快乐的吗？他对自己感到满意吗？如果给这样一个天赋聪慧、热情机敏的脑袋搭配一个和善快乐、质朴无华的身体的话，那么，这样一个简单而强壮的身体，能完美地与脑袋中孕育的精神激情碰撞出火花吗？实际上，对天堂幸福的想象是毫无意义的一件事，因为所谓的"天堂般的幸福"（或者称之为"快活林里的幸福"），与完美无瑕的情境还是有所区别的。

到现在,前文所提及的令人沮丧的"起初"也迟迟没有出现。事实上,它如果在上述叙述中出现的话也不恰当吧。因为它不在故事主人公的意识中,它只属于叙述者的支配范围。叙述者也只是投下一片客观的、非个人的"乌云"。现在,我们必须得给大家提个醒,很快这片"乌云"就将滑向个人的"天空"。是的,可能从一开始它就发挥了在世俗中"限定"与"调节"的作用,以一种"背离"天堂的方式施加影响。我们不可否认,娇美的西塔在执行女神的命令时犯了一个错误。这个错误实际上也不单单是由于她的仓促大意而引起的。这句话是经过深思熟虑说出来的,所以你们得好好理解一下这句话。

摩耶女神用她的魔力维护着世界,她以幻觉、欺骗、想象的方式来建构生命的基本法则,她把所有的生物都束缚其中。然而,没有任何东西比爱情更能显示它的欺骗力量。一个人对另一个人进行温柔的攻势,集合了所有的依恋、暧昧和纠缠的幻相,同时也展现出这样一种范式:他们一开始靠这个维持生活,在后续还会诱导着延续生活下去。如果把情欲称为爱神最狡猾的伴侣,也并非毫无道理可言。实际上,那位卡利女神被看作是一位具有摩耶虚幻天赋的女神,并不是徒有虚名的。正是她,才使任何尘世之物的外表变得愈发迷人,成了被人垂涎的对象。或者说,正是她,尘世之物才会以这样的形象出现在大家面前。很显然,"形象"这个词已经具有"外表"的特征,它与"光彩夺目"和"美丽动人"的内涵密切相连。正是"欲望之神"——这个变幻莫测的欺骗者的作用，才使得西塔的外表如此光鲜亮丽、美丽动人，令人心生崇拜与敬畏之情。在杜尔迦的浴场，当两个人看到净身沐浴的西塔后，便一发不可收拾。尤其是施里达曼，被西塔迷得神魂颠倒。当西塔转过头来时，他们看到了她的脸，两个人喜不自胜、激动万分。她的脸小巧可人，脸上的小鼻子、嘴唇、眉毛和眼睛都让人动容。娇美的身段也并没有因为一张不出彩的脸颊被剥夺价值和意义。我们只需回想一下就能明白，人们费尽心机受欲望驱使所追求的目标，或许并不是某个人，而是欲望本身。他们不是在寻求理智，而是在寻求陶醉，寻求渴望。他们最害怕的是醒悟。也就是说，他们害怕从幻境中被解救出来。

现在需要注意的是，这两个年轻小伙在浴场一起偷看的那张面容，是标致美丽的，这其实也证明了身体的依赖性。通过摩耶的旨意，可以证明，身体从属于脑袋！卡马达马纳——这一欲望的征服者，也持有相同的观点。他认为，脑袋在肢体中拥有至高无上的荣耀之位，并以此为依据来为"谁是西塔的丈夫"这一命题做出裁决。的确，脑袋对身体的形象起着决定性作用，它主要影响了对爱的价值和印象的判断。据此，如果说一个人的身躯在搭配了另一个人的脑袋之后，没有发生什么改变的话，这显然说不过去。哪怕一个人的表情特征或面部特征有细微的不同，那么，整体也就和以往不一样了。这就是西塔在她的仓促大意中所犯的错误。她甚至还为自己犯了这个错误而感到高兴呢。在她看来，丈夫的脑袋搭配朋友的身体绝对是一件值得庆幸的事，可能在最开始的时候也确实是这么回事。可是，她却没有预料到（也或许是沉迷于欢愉的快感而不愿承认罢了），当南达的身体与施里达曼窄鼻梁的脑袋、深邃温和的眼睛和覆盖着柔软扇形胡须的脸颊结合在一起时，身体就不再是南达以前那个有活力的身体了。他已经变成了另一个完全不同的人。

从摩耶幻术开始起作用的那一瞬间，他就立刻变成了另一个人。此刻，我说的也不单单是这一点。西塔和施里达曼在"起初"的岁月里，尽情地享受两性之间的幸福。在无与伦比的爱情乐趣中，他们度过了最美好、最令人艳羡的光阴。随着时间的推移，这个如此热切地觊觎朋友身体的人——在施里达曼脑袋还在的前提下，请允许我暂且将他下面的躯体称呼为南达的身体，因为原本属于丈夫的身体现在已经成了朋友的身体了——也最终梦想成真了，在现实中实现了耦合。可是，没过多久，这个可以配得上这颗尊贵脑袋的身体（暂且不考虑在摩耶幻术影响的前提下），也完全变了样。通过脑袋以及智性的作用，原本属于南达的这个身体正在逐渐朝着丈夫施里达曼以前的身体特征悄然发生改变。

可以毫不夸张地说，这种命运的走向还是很常见的，在婚姻生活中发生的概率也很大。在这一点上，西塔的忧郁经历与其他女人的经历差别不大。现在的西塔，在这个平易近人的丈夫身上，再也找不出那个苗条精壮的年轻人的影子了。这个所谓的"常见命运"的产生，其实还得归咎于一段特殊的因果联系。

当西塔的丈夫施里达曼继续像以前那样打扮他那蜕变后的身躯，而不是按照南达的风格打扮时，就足以显露出，施里达曼的脑袋对身体的统摄作用了。不仅如此，施里达曼也没有遵从南达以前的喜好。他拒绝像南达一样用芥末油涂抹身体。因为施里达曼的这个脑袋，实在受不了自己身上有芥末油的气味。西塔对丈夫的所作所为很不满意。除此之外，另一点让西塔感到有点失望的是，施里达曼坐在地上的姿势。至于施里达曼的坐姿，毋庸置疑，是由他的大脑决定的，而他的身体对此也起不到什么决定性作用。一直以来，施里达曼就对南达这个乡巴佬所酷爱的蹲坐姿势嗤之以鼻、冷嘲热讽，因为他总是喜欢侧着身体就座。不过，这都是这对夫妻最开始相处时发生的一些无关紧要的琐事罢了。

施里达曼——这个婆罗门的后裔，即便被赋予了南达的身体，也依旧会遵循他原来的生活习惯和行为举止，做他以前比较擅长的事，继续保持以前的状态。施里达曼不是铁匠，也不是牧民。他是一个商人，他的父亲也是商人。一直以来，他协助他的父亲经营一桩体面的生意。现如今，父亲体力逐渐不支的时候，他就接手了父亲的这个行当。他并没有挥舞过重锤，也没有在山顶上放牧过牲畜。他总是经营着自己的软薄布、樟脑、丝绸和印花棉布、舂米杵以及火绒的生意，这些商品也主要供给牛福村的居民。在闲暇的时候，他还不忘拿起《吠陀经》拜读一二。对于听众来说，这个故事的发展听起来比较惊人，但实际上，也还可以勉强接受吧！原本属于南达的那对手臂很快就失去了力量，它们变得愈发消瘦无力。他的胸膛不如以前宽阔了，反而还变得更加松弛了，而小肚子上也长出了一些脂肪。这几点变化也足够显露出，施里达曼越来越像他没有蜕变之前的那个样子了。更有甚者，连他胸口的那缕"福牛"毛发也逐渐开始脱落，变得愈发稀疏了。乍眼一看，我们几乎认不出这是黑天的标志了。他的妻子西塔十分苦恼，因为她也察觉到了丈夫施里达曼的变化。不可否认的是，施里达曼不仅仅变得愈发精致，还看上去高贵了许多——如果可以这样说的话，这不单单指的是婆罗门家族的血统，还指的是他作为商人的这个职业。除了上述所提及的变化之外，施里达曼的这种变化甚至还延伸到了皮肤上面。不可避免的是，他的肤色变浅、变嫩了，手和脚也变得更小、更细，甚至骨头和膝关节，也变得柔软了许多。总而言之，这个原本属于南达的身体，在夫妻俩以前的婚姻生活中扮演着非常重要的角色，而现在却变成了脑袋的一个温顺的附属物，逐渐变得无关紧要了。或许没过多久，它便不能以"天堂般"的方式为脑袋的崇高冲动保驾护航了，也只能勉为其难，甚至是心不甘情不愿地与它的脑袋为伴了。

很显然，以上就是西塔和施里达曼多么真实的婚姻写照啊！我们也可以这样说，一旦这两个人度过了幸福的蜜月期，在充分享受过了无与伦比的快乐之后，用不了多长时间，这样的经历就会接踵而至。实际上，事情也并没有发展到，原本属于南达的身体完全变回施里达曼身体的样子的那个地步。这里需要指出的是，施里达曼并没有原封不动地复原到以前的状态。我们的叙述也并不夸张。我们只是通过强调影响身体变化的制约性因素，以及这些因素对明显迹象的某种限制，来获得对这一事实的准确理解，即，头部和四肢之间的影响存在着相互作用。施里达曼的头部，虽然决定着自我的感觉，但反过来它也肯定会经历被适应、被改造的过程。我们可以用头部和身体的统一共存关系来说明这一点，如果不足以说明的话，甚至还可以用更深层次的哲学概念来解释这一现象。

我们不得不承认，世间其实存在着两种形式的美：一种是精神和智性方面的美，另一种是诉诸感官上的美。但是，有些人却陷入这样的误区。在他们看来，美只隶属于感官领域，跟精神和智性没什么联系。由此，这也就导致了这样的谬论：在我们的世界中，两种美之间的关系是对立的，是割裂开来的。很显然，《吠陀经》在对众人的教化过程中，对此问题有所阐释。如同《吠陀经》的教义所言，"在整个尘世间，我们所能体验到的快乐只有两种，通过身体获得的快乐以及在精神的安宁中体悟的救赎之乐。"从这一教义中，我们可以直观地感受到，精神与美的关系并不像美丑之间呈现出二元对立的关系那样，它们反而在某种程度中和一定条件下有相似之处。至于精神和智性，它们的含义与丑陋的含义并不相同，也没必要相同。它们通过对美的认识和对美的热爱而具有美感，并且还将这种热爱表现为精神之美。因此，它们的爱绝不是无关紧要的，也不是无望之爱。根据"相斥相吸"的法则，我们可以推断，美反过来也会对精神有所渴望。美会欣赏它，并会迎合它的追求。这个世界并不会对此做出这样的限定：精神只爱精神的东西，而美只爱美的事物。事实上，两者之间的对立可以用一种既是精神又是美的特殊联系来展示，最终的目标是达成精神与美的结合，呈现出一种完整且完美的极乐之感。我们这个故事只是为了说明主人公为了达到这个终极的目标所做的努力。他们在追求目标的过程中，经历了种种的失败和挫折。

施里达曼，也就是薄婆菩提的这个儿子，在某种机缘巧合之下得到了一个健硕结实的身体。这尊"美丽"的身体正好可以搭配他那高贵的脑袋，而这个脑袋对"美"却无限执着。这个小伙子用脑袋瓜子稍微想了想，很快就发现了这样的事实：由于以前属于别人的好东西现在被自己据为己有了，所以以后压根没必要再羡慕对方了。换句话说，现在的施里达曼，俨然已经变成了之前所艳羡对象的那个样子或那种状态了。说实话，这听起来还是有点可悲吧。不幸的是，这种"可悲之处"在他的脑袋与新身体结合后所遭受的变化中一直存在。这些变化是在施里达曼的脑袋中悄然发生的。正因为这个脑袋已经拥有了"美"，它或多或少地会失去对美以及对于精神之美的热爱。

那么，有个问题摆在眼前。假设施里达曼的身体没有发生这样的变化，一切都是照旧如初，如果仅仅是由于和西塔结为连理，从而抱得美人归的话，那么这一系列的过程是不是就不会发生呢？这一问题似乎还是无解。我们已经说过，这个案例总体上与普通的案例没什么两样，只是这个故事中发生了一些特殊的情况加剧了故事的冲突。这些特殊情况的发生，对于理性的听众来说，是一件饶有兴趣的轶事，但对娇美的西塔来说，她会清醒地认识到，这势必是一段痛苦难熬的过往。她逐渐意识到，丈夫施里达曼柔软的胡须下那个原本秀气而纤薄的嘴唇，现在变得越来越肥厚，直到最后卷成了一卷肉。他的鼻子，曾经薄如刀刃，现在也愈发有了肉感。不可否认的是，鼻子还显示出一种继续下垂的倾向，快要赶上山羊鼻了。除此之外，他的眼睛也时不时地流露出那种开怀快活的神情。南达的身体变得愈发柔弱，施里达曼的脑袋却变得愈发粗笨，而两者拼接在一起，组成了此时的施里达曼，也就是西塔的丈夫。可以这样说，施里达曼的身上已经没有任何看起来"正常"的东西了。在这里，叙述者想要特别唤起听众对西塔的感同身受以及情感共鸣。西塔看到了丈夫施里达曼的这些变化，并对可能发生在那位远方朋友南达身上的变化做出了相应的推断。

对于西塔来说，她的脑海中总是浮现出这样的场景。遥想当年，当时还对幸福一知半解的她，在既神圣庄重又欲望满满的新婚之夜里，曾经拥抱过的丈夫施里达曼的身体，现在已经不复存在，也无法再次拥入怀中了。或者也可以这样说，以前丈夫的身体现在长在了朋友南达的身上，已经不再属于西塔了。她甚至还想知道，在哪儿能再次见到胸膛上那缕"福牛"毛发呢？

与此同时，西塔也果敢地猜测，朋友那个老实巴交的脑袋搭配着丈夫的身体，也肯定会变得儒雅很多，这同丈夫的脑袋与朋友的身体组合在一起所产生的效果是一样的。在她看来，这个想法比其他想法让她有更深刻的感触。关于这些变化，西塔总是左思右想，不论白天还是晚上都心神不宁，即使在丈夫温热的怀抱中也是辗转反侧、不能入眠。

施里达曼的身体，虽然"孤独"但不乏"健硕"，它在西塔面前徘徊着。而南达的脑袋，虽然"可怜"但不乏"儒雅"，却离西塔渐行渐远，遭受精神上的分离之痛。西塔对于南达的思念之情溢于言表，对于这个朋友的怜悯之情也油然而生。苦恼无时无刻地萦绕着她，即便是在施里达曼的怀抱中，在与丈夫享受两性交合的欢愉中，她也会默默闭上眼睛，脸色逐渐变得苍白不悦。

第十二章

西塔在历经十月怀胎之后，也终于"瓜熟蒂落"了。她为施里达曼生下了一个小男婴。他们给他取名萨玛迪[1]。这个名字还有"珍藏品"之意。为了驱邪祈福，他们在新生儿的头上挥舞着一根牛尾巴。他们还把牛粪放在他的头上，以达到同样的效果。他们用这样的祈福方式，还是比较得体规范的。值得注意的是,由于这个男婴的气色还算不错(不像当初预想的那样苍白),眼睛也没有失明 (同样不像当初预想的那样),

---

1 萨玛迪，在梵语中可音译为"三昧"，有止息杂念、使心神平静之意。它是佛教的重要修行方法，指通常的集中思虑的能力，或者指修习所得的集中力。它成了可以使禅定者进入更高境界并完全改变生命状态的神秘力量。

所以西塔和施里达曼"喜不自胜"（如果可以用这个词形容他们心情的话）。的确，小男孩的皮肤很是白皙，这可能归因于他母亲曾经有刹帝利[1]武士的血统吧。可是，这对小夫妻在之后的时日中渐渐察觉到，自己的儿子竟然高度近视！他们不得不承认，预言和民间传说竟然以"模棱两可""若有若无"的方式得到了兑现。或许你可以说，它们已经应验了，也可以说没有。随你怎么说吧。

没过多久，萨玛迪就因为高度近视的原因，得到了一个绰号——安陀迦[2]，意为"盲者"。这个名字逐渐取代了第一个名字——萨玛迪。虽然近视是安陀迦的缺陷，但也让他那羚羊般的眼睛变得柔和，而且富有吸引力。安陀迦的眼睛和西塔的眼睛看起来还是很像的，但比西塔的眼睛更加动人。他们一家三口齐聚一堂的时候，人们总是能够察

1　刹帝利，是古印度四种种姓之一，即国王、大臣等统御民众、从事兵役的种族，所以也称"王种"，先祖为来自中亚地区的雅利安人。刹帝利权势颇大，阶级仅次于婆罗门。按照婆罗门典籍记载，刹帝利的主要职责是世代守护婆罗门。

2　安陀伽，是印度教神话中迦叶波与底提之子。相传，他虽生有千双眼，走起路来却磕磕绊绊，像盲者一样而得名。安陀伽因企图从因陀罗的天界"室婆哩迦"盗取神树，而被湿婆所杀。众魔怪从其血中应运而生，湿婆又借助于"萨格蒂"将它们剪除。也有传说，安陀伽为湿婆之子，降生时即为盲者，因雪山女神分娩时以手遮湿婆双目所致。后来，他被阿修罗醯兰尼耶伽尸收为义子，从此与诸神为仇作对。若干年后，湿婆以三股叉将其捕获，除其邪恶之念，使之改邪归正。

觉出，安陀迦和他"两个父亲"的相貌都不怎么相像，反而更像他的母亲。毫无疑问，西塔作为儿子个体建构过程中一个最清晰明了的"元素"，儿子的外形自然也理应与母亲的外形有些许相似之处。可以肯定的是，安陀迦长得就像从画中出来的一样，非常帅气迷人。等他度过了肮脏邋遢和不能自理的襁褓阶段，他那健硕的身形和强大的力量开始显露出来，也着实堪称典范。施里达曼把他当作自己的亲生骨肉来爱护他。他的内心甚至开始有了"退位让贤"的意向，想要把生活的事务都一并交由自己儿子来打理。

时光飞逝，萨玛迪（或称安陀迦）在母亲的怀抱和吊床的摇篮里苗壮成长，他变得愈发可爱。在这几年内，施里达曼的脑袋和四肢也悄然发生了变化，整个人似乎和没有蜕变之前的丈夫没什么两样，这让西塔实在无法忍受。西塔为那个隐居的朋友感到无比的同情，她甚至把他看作是自己儿子的父亲。她内心十分渴望再次见到他，想看看他在"同化法则"的作用下会变成什么样子。再给他看看自己的爱子，让他也能体会做一个父亲的快乐。这种渴望，在西塔的心中久久挥之不去。即便如此，她也只能憋在心里，不敢向丈夫吐露分毫。渐渐地，大家愿意称呼西塔儿子为"安陀迦"的次数比"萨玛迪"的次数多得多了。当他四岁的时候，他已经学会跑了，不过还是经常摔倒。那时候，施里达曼刚好有事外出。趁此间隙，西塔便下定决心，不惜一切代价去寻找隐士南达，想要安慰他一番。

在一个春天的黎明时分，正值星光点点，西塔便穿上了旅行的鞋子，一只手拿着长杖，身上还背着一袋食物，想要神不知鬼不觉地溜走。另一只手则牵着自己的儿子，儿子身穿一件棉布衬衫。运气还不错，很快她就带着儿子离开了自己的家和牛福村。

尽管西塔的旅程充满艰辛和危险，但她的勇气也证明了她为完成心愿的决心。她的武士血统，虽然可能"所剩无几"，但还是有所裨益的。当然，她的美貌和儿子的英俊容颜也对他们的旅途帮助很大。不论是通过言行还是举止，每个人都很乐意来帮助这位娇美的朝圣者以及长着一双炯炯双眼的小男孩。西塔告诉路人，她要去寻找她的丈夫，也就是孩子的父亲，而孩子的父亲由于对苦思冥想有一种不可抗拒的热爱，从而成了一名林中修行的隐士。她对路人说，她希望把儿子带到那里去，让他的父亲为他祈福，成为他成长过程中的人生导师。路人听罢之后，也对她好感频频，纷纷表达出怜悯与恭敬之情。在路过的村子或者休憩之所，她能够为儿子求得一些牛奶。在夜间，她几乎总是能为自己和儿子在干草仓和火炉的炕上找到一个栖身之地。那些收割黄麻和大米的农人，经常用自己的马车捎他们一段路。如果碰不上这样的代步工具，她就拿着她的手杖，在大路上的灰尘中踱步前进。西塔总是拉着安陀迦的手，安陀迦走两步才抵得上她走一步，他那炯炯发光的眼睛只能看到面前的一小段路。尽管如此，她坚定不移地望向远方的路，她的同情和渴望的目标在她眼前定格。

就这样，西塔一路颠簸地到达了丹卡卡森林。她猜想南达肯定在丛林中找了一处僻静的清修之所。可是，她从沿途路遇的那些圣徒处得知，南达不在这里。关于南达的清修之地，许多圣徒不能或不愿再多说什么。有一些隐士的妻子还算热心，她们抱起小萨玛迪喂养他、抚摸他，她们倒是善意地告诉她南达的去处。实际上，隐士的世界与外部世界非常相似。当你在这里待久了，你就会对这里的路一清二楚，对周围的环境了如指掌。然而，在这里，流言蜚语、嫉妒、竞争和诽谤也时有发生。一个隐士当然知道另一个隐士住在哪里，也知道他的情况如何。这些善良的妇人向西塔透露，南达在牛河附近隐居，从南向西大概还得七天的行程。她们说，那是一个让人心旷神怡的地方，那里鸟语花香、动物成群，周围还有各种树木、鲜花和藤蔓，河岸还有大量的树根、块茎和野果。南达选择的这个地方还是相当"宜居"的。他的修行方式比较"朴素"，并没有付诸十分严格的苦行。除了净身和静默之外，他也没有遵从其他的清规戒律。他吃的都是森林里的果子，雨季的时候吃野稻米，甚至还时不时地吃烤鸟肉。简而言之，他只是按照一个失意者和沮丧者的苦思冥想方式来生活。至于去那里的路，也没有特别难走吧！只是沿途会有强盗拦路，峡谷里有老虎出没，沟壑里还会有蛇盘踞其中罢了。对于西塔来说，除了小心谨慎之外，还需要具备充足的勇气。

在得到指点之后，西塔便告别了丹卡卡森林中的那些乐于助人的妇人。她带着新的希望继续按照之前的计划前行。一路上，她遇到了各种困难，也都一一克服了，也许是爱神伽摩和吉祥天女[1]一同联合起来帮助了她。其间，她顺利地通过了强盗把守的关口；在一些朴实的牧羊人的指引下，她绕过了老虎出没的峡谷；在挡住她去路的蛇谷中，她也一路把幼小的萨玛迪（或称安陀迦）抱在怀中。

当来到牛河边时，西塔把孩子放了下来。她用一只手牵着他，另一只手拄着长杖。那个早晨，露水晶莹。她沿着开满鲜花的河岸向前走着。然后按照路人的指示，穿过原野，来到一片森林。此时的太阳刚刚升起，红色的花朵竞相绽放，发出火一样的光芒，照亮整片丛林。她的眼睛被炽热的阳光照得眼花缭乱。当她用手遮住眼睛时，她看到空地上有一间用稻草和树皮搭成的茅屋。屋后有一个身穿树皮的小伙子，用斧头在修理着屋架。她走近时，看到了他那强壮的手臂，就像当年在太阳下荡秋千的那个手臂一样。他的鼻子慢慢朝向适度隆起的厚嘴唇落下，不能说是山羊鼻了，可以说变得精致了许多。

---

1 吉祥天女，又称拉克什米，是印度神话中负责司掌幸福、财富和美丽的女神。她的神像多为丰满美女，面带慈祥微笑，坐骑为白色猫头鹰、金翅鸟。

"南达！"她呼喊道，内心难掩激动之情。在她看来，他就像黑天一样，洋溢着强有力的柔情。"南达，看呐，你的西塔来找你了！"

他立刻放下斧头，向她奔去。他的胸前还有一缕"福牛"鬃毛。他几乎用了上百种问候和爱称来欢迎西塔，他身体上的每个毛孔都流露出对她的思念。

"西塔，你终于来了，"他喊道，"你就像月亮一样柔美，眼睛像鹧鸪眼一样迷人，你那娇美的身形，你那白皙的皮肤！西塔，我的妻子，还有你那优美的腰线！曾经有多少个夜晚，我梦见你穿过荒野，来到我这个被遗弃的孤独者身边。现在你真的来了，你跨过了强盗把手的山口，越过老虎出没的山谷，穿过蟒蛇盘踞的沟壑，这些都是我出于对命运的审判的愤怒而设置的障碍啊！你真了不起，是谁带你来这里的呢？"

"看呐，这是咱们的小宝贝，"她说道，"你在第一个神圣的新婚之夜赐予我的，当时你还不是南达。"

"这是自然而然的结果，没什么稀奇的，"他回复道，"他的名字取了吗？"

"他的名字叫萨玛迪，"西塔说道，"不过，现在越来越多的人叫他安陀迦了。"

"为什么呢？"他疑惑地问。

"不要以为他是盲人，"她对南达说，"其实他一点也不瞎，这就像很多人看见他皮肤白皙就误以为他苍白无力一样。可是，他的视力确实不好，只能看见眼前的三步远。"

"凡事都有利有弊吧，或许'塞翁失马焉知非福'也未可知啊。"南达安慰道。

他们的儿子被安置在离小屋稍远的绿色草地上，正拿着鲜花和坚果当玩具。他玩得乐此不疲。伴随着杜果花的香味，南达和西塔在儿子的视野范围之外嬉戏打闹。春天也让爱欲变得更加强烈。阳光下，印度噪鹃在树梢上时不时地传来阵阵鸣叫。

第十三章

我们继续往下讲吧。这对"久别"恋人的"新婚"只持续了一天一夜，甚至还没等到第二天太阳在南达小屋旁边开满红花的树林中升起，便伴随着施里达曼的到来戛然而止。当天，当施里达曼一回到牛福村，看到家里空无一人，他不用多想，就已经知道妻子的去处了。村里的亲朋好友战战兢兢地向他报告了关于西塔失踪的讯息，他们原以为施里达曼的怒火会像投进黄油的火一样熊熊燃烧起来。殊不知，他只是不紧不慢地点了点头，好像事先已经预料到了一样。他没有因为愤怒和复仇欲望的驱使，而慌忙地去追寻自己的妻子。虽然晚上没怎么休息，但也没有"急于求成"。他径直动身去了南达的隐居之所。实际上，他一开始就知道这个地方，只是为了不让"悲剧"过早地发生，才一直瞒着西塔。

晨星点点，天还没亮。只见垂丧着头的施里达曼慢悠悠地骑着牦牛来到了南达的屋前。紧接着，他从牛身上跳了下来。此刻的他，甚至没有打扰里面那对相拥而睡的伴侣，而是坐在外面一直等着。天亮了，他们才被迫"分开"。施里达曼的嫉妒不是一般的嫉妒，就像分手的情人所表现出的愤怒叹息一样。他知道这是他以前的身体，而西塔现在正与他重温她的婚姻"誓言"。这种行为可以说是忠诚，也可以说是背叛。施里达曼也对事物本质有了比较深入的认识。在他看来，原则上说，西塔和谁睡并不重要。不论是和他睡，还是和他的朋友睡，其实都一样。即使他们中的一个人从中"一无所获"，本质上来说，她还是和他们两个人一起睡的。

因此，他一路上不急不躁，坐在屋前等待天亮时，内心也没有泛起涟漪。尽管如此，他也并不打算让事情朝着"听之任之"的方向发展下去。我们继续往下讲。黎明的第一缕阳光已经来到，小安陀迦还在睡觉，西塔和南达从屋里走了出来，脖子上还挂着毛巾，他们打算到附近的小河里沐浴。就在这时，两个人也看到了既是南达朋友又是西塔丈夫的施里达曼。只见施里达曼背对着他们，在他们出现时还没有转身。他们来到施里达曼面前，谦恭地问候他。施里达曼也坦言，他在路上就他们的问题以及如何解决问题下定了决心，同时也表示，他们的想法一定会与自己的想法达成一致。

"施里达曼，我的男主人，我尊贵的丈夫！"西塔在他面前谦卑地说道，"你好！很高兴可以再次见到你。你也不要认为，你的到来会给我们带来多大的烦扰与忧愁。你大可不必这么想。不论是我们三个人其中哪两个决定在一起，第三个人总是会'缺席'。那么，实在对不起，我和你确实过不下去了。由于同情怜悯之情总是在我心头萦绕，所以我才会选择与这位孤独者的脑袋会面！"

"以及与丈夫的身体会面，"施里达曼补充道，"我原谅你了，西塔。当然，我也原谅南达了。希望你也能够原谅我。我由于遵从了圣徒的裁决，把西塔据为己有。我当时只考虑自己的立场，只顾着自己的心情，却没能为你着想。我相信，如果圣徒的裁决倾向于你，你也肯定会遵守的。由于生活中不乏混乱和分歧，人类的命运总是建立在'互相遮挡彼此的阳光'的基础上。那些高尚的人，总是渴望过这样的生活——一个人的笑声不会成为另一个人的哭泣声。这样的愿景虽好，但却永远不可能实现。我的脑袋占据了话语权，它为占有着你的身体而感到'欢欣雀跃'，因为你曾用你那双现在看起来瘦弱的手臂在太阳下帮西塔荡秋千。在我们重新分配身体的过程中，我自鸣得意、沾沾自喜，因为我拥有了她所渴望的一切。可是，爱情的头脑总是会做出任何事。所以，我不得不经历和忍受西塔离家出走跟你的脑袋共眠这样的苦楚。如果我现在能够确信，她在你身上找到了持久的快乐和满足，那么我会尊重我妻子的选择。我自己会主动离开，顺着我的先祖曾经走过的路，弃家隐退下去。但是，我不相信她能在你身上得到她想要的东西。在她已经拥有丈夫的脑袋（而丈夫的脑袋搭配了朋友的身体）的时候，她日思夜想的却是朋友的脑袋（而朋友的脑袋搭配了丈夫的身体）。周而复始，她也肯定会在之后的岁月里，对已经失去的东西感到怜悯与同情，由此，也会渴望丈夫的脑袋。她找不到任何的安宁和满足，而远方的丈夫又变成了她所爱的那个人。她还是会把安陀迦带到远方的丈夫身边，因为在儿子身上，她总能看到丈夫的影子。话又说回来，她也不可能与咱们俩一起生活，因为在有教养的家庭不允许一妻多夫。我说得对吗，西塔？"

"正如你所说的那样，唉，就是这样，我的男主人，我的朋友！"她答复道，"我用'唉'这个词来诉说我的遗憾，它只是指你讲话的其中一部分，并没有涉及一妻多夫制的可憎之处。我不会把这个制度纳入我的思考范围。相反，我很自豪。由于我父亲苏曼特拉的遗传，我仍然流淌着武士的血统。我对任何像一妻多夫制这样不登大雅之堂的东西，很是抗拒。尽管所有弱点和困惑总是萦绕其中，但作为一个高级生命体的人还是要保留一些自尊和名誉吧。"

"果然不出所料。"施里达曼说道，"不过你可以放心，我从一开始就没有把贬低女性的观念纳入我的思考范围。既然你不能和我们两个人一起生活，那么我确信眼前的这个年轻人——我的朋友南达，或者说我和他交换了脑袋的那个人，或者说你所喜爱的那个身体，也肯定会同意我的看法。我们两个人都活不下去了，我们所能做的是，阻止我们'换头谬误'的延续，让我们的本体再次回归天国。在这种情况下，单一的本体已经陷入了混乱之中，最好是让它在生活的火焰中融化，就像把一块黄油丢在祭祀的火中那样。"

"确实是这样啊！施里达曼，我的好兄弟。"南达说，"你说得很有道理，我举双手赞成。我们的欲望都已经得到满足，咱们也都与西塔有过鱼水之欢，我不知道我们还能重新在肉体上寻求什么刺激。我的身体能够意识到你的大脑在拥有西塔时所表现出来的那种愉悦感。同样，你的身体也能够感知到我拥有西塔时的快乐。这就相当于，你的大脑中会体悟到她拥有我时的欢喜，或者我的大脑也能够知晓到她拥有你时的开心。我们的名誉也算是保留下来了，因为我只是用你的身体背叛你的脑袋而已。在某种程度上，也算是弥补了娇美的西塔用你的身体欺骗了我的脑袋吧！我曾经与你分享槟榔以示忠诚，但却与她一起背叛了你，幸好梵天把我们从最糟糕的情况中解救出来。即使如此，我们依然不能体面地继续生活下去。我们是有教养的人，不适合一妻多夫，也不会滥交。西塔是这样，你也是。即使你拥有我的身体，也还是这样。我自己也是，即便我拥有你的身体。因此，我毫无保留地同意你所说的关于回归天国的想法。我的手臂在荒野中也变得愈发强壮，我愿意用这双手臂搭建殉葬的火堆。你知道的，我以前就想要这样做。你也知道，我一直下定决心，会比你先一步死去。当你向女神献祭时，我毫不犹豫地随你一同进入坟墓。然而，我背叛了你。我的身体给了我一定的特权，西塔为我生下了小萨玛迪，我想当然地认为我就是他的亲生父亲。现在，我要郑重地表示，我们应该按照脑袋来判定谁是西塔的丈夫！我心甘情愿地接受这样的裁定。"

"小安陀迦在哪儿呢？"施里达曼问道。

"他正在屋里躺着呢。"西塔回答说，"睡眠能够为他的生命聚集力量、积蓄美感。现在，到了该谈论他的时候了。对我们来说，他的未来应该比我们如何体面地走出这种困境更加重要吧。实际上，他的情况和我们密切相关。我们在为自己的名誉行动的同时，也是在为他的名誉着想。当你们离开这个世界的时候，如果我还继续留在他身边（我多么希望可以陪伴着他），他将成为一个寡妇之子而艰难度日，荣誉和快乐将与他无缘。于是，我必须效仿那些高贵的萨蒂人，陪伴着丈夫的尸身，一起进入火海。那些人为了纪念他们，在被焚烧的地方，还会设立纪念碑、石碑和方尖碑。在我看来，只有我离开他了，他的生活才会变得体面，人们才会对他青睐有加。因此，我——苏曼特拉的女儿，恳请南达为我们三个人搭建一个火堆。正如我与你俩在生活中共享一张床那样，死亡的火床也把我们三人紧密地连在一起。在另一个世界，我们三个人永不分离。"

"不会，"施里达曼说道，"我永远不会奢望从你那里得到什么。因为我从一开始就考虑到了你的高尚和你的骄傲，这些都是和你的缺点并存的东西。我以儿子的名义，感谢你做出的这个决定。我们必须好好想想，如何把自尊与名誉从肉体所带给我们的混乱中'拯救'出来。我们必须注意'拯救'的方式。考虑到这一点，在来时的路上，我就已经把我的想法和计划想清楚了，但与你们的观点有所不同。虽然心高气傲的寡妇愿意同死去的丈夫一起殉葬，可是，只要我们中的一个还活着，你就不是寡妇。如果跟我们一起活着进入火堆，那么在这种情况下，你是否还是个寡妇，这也是个问题。你要成为寡妇的前提，就是南达和我得先杀了自己。我是说，我们必须互相残杀。不论是说'我们'，还是说'任何一方'，其实都可以，因为两者最后的结局都是一样的。我们必须像雄鹿一样为追求雌鹿而战。我准备了两把剑，已经挂在我的牦牛腰带上了。我们这么做的目的，不是为了让一个人获胜之后活下来，从而'抱得美人归'。这样做没有任何好处。因为死者永远是她的朋友，她会在丈夫的怀抱中痛哭欲绝、香消玉殒。所以说，我们必须同时倒下，每个人都被对方的剑刺中心脏。只有剑是'对方的'，而心脏不是。这比我们每个人都用剑来对付自身那错换的身体要好得多了。因为在我看来，我们的大脑无权对自己的身体下死亡指令，就像我们的身体也无权扛着不属于自己的脑袋去享受婚姻的幸福一样。的确，这场'战斗'将会痛苦不堪。每个人的脑袋和身体都必须留神。这不是在为自己而战，也不是为了占有西塔而战。我们要秉承着双重职责：既要接受对方给你的致命一击，也要给对方致命一击。不过，鉴于咱们两个人都曾经把自己的脑袋砍下来过，这种相互残杀不会比那天更难吧。"

"拿剑来！"南达喊道，"我已经准备好了。在我看来，这是了结这件事情的绝佳方式了。这是一场公平正义的搏斗。因为在我们的身体与我们的脑袋互相调换的过程中，我们的手臂也都变得差不多强壮了。你的手臂在我的身体上变得有力了许多，而我的手臂在你的身体上变得纤细了不少，已经'势均力敌'了。我很高兴能将我的心献给你，但与此同时，我要刺穿你的心。只有这样，才不会让西塔因为怜悯我而在你的怀抱中伤心欲绝。只有这样，才能让西塔为我们两个人守寡，与我们一起纵身跳入火海，陪伴我们。"

西塔对这样的安排也非常满意，在她看来，这正好迎合了她的武士的血统。因此，她不会躲在一旁，而是会坚定不移地观摩这场搏斗。

于是，在安陀迦睡着的屋前，在牛河和布满红花的林地之间，在那片鲜花盛开的草地上，几个人期待的一幕发生了。这两个年轻人都倒在了花丛中，各自刺穿了对方的心脏。他们的葬礼，由于添加了"殉夫"这一宗教仪式，俨然变成了一个盛大的节日。成千上万的人聚集在火堆旁，看着小萨玛迪，或者说，看着小安陀迦。作为他们最亲近的男性亲属，小萨玛迪把自己的近视眼凑了过去，然后把火把放在用杧果和香甜的檀香木搭成的火堆上，缝隙间填满了在融化的黄油中浸泡过的干稻草，使得火堆能迅速燃起。在火堆里，野牛村的西塔在丈夫和朋友之间找到了属于自己的殉葬之位。火势汹涌澎湃，达到了冲天的高度。娇美的西塔喊叫了一阵子。

当一个人还没有被烧死的时候，还是一件非常痛苦、深受煎熬的事。她的声音被海螺的鸣叫和鼓的轰隆声所淹没，就好像她没有喊叫过似的。如同这个故事所讲的那样，当然我们也会相信，当西塔沉浸在与两个爱人合为一体的喜悦中时，焦灼的烈火也会变得无比凉爽。

为了纪念她的牺牲，人们在焚烧的火场设立了一块方尖碑。他们收集了三人骨头中未完全焚化的部分，用牛奶和蜂蜜浸泡着，然后装在一个土罐中，最终沉入神圣的恒河。

大家都不再称呼西塔的儿子为萨玛迪了，以后也只称呼他为安陀迦。安陀迦生活得有滋有味。作为立了碑的寡妇的儿子，他获得了很高的赞誉和爱戴。他愈发英俊的脸庞，也受到大家的关照。在十二岁的时候，他就像干闼婆的化身一样，魅力四射、柔韧有力。在他的胸前，"福牛"的毛发也开始显现。他虽然视力不太好，但也并不是什么坏事。这样，他就不至于过多地消耗自己的身体，反而引向了头脑的益智方面。在他七岁的时候，一个明智博学的婆罗门负责照看他。这位婆罗门不仅教安陀迦如何文雅地讲话，还教他语法、天文学和思维艺术等方面的知识。在他二十岁的时候，他已经是贝拿勒斯[1]国王宫中的学者了。在富丽堂皇的宫殿露台上，他穿着得体的服饰，坐在一把白丝伞下，用悦耳的声音向王子朗读宗教和世俗的典籍。他的眼睛炯炯发亮，总是习惯把典籍放在眼前。

1　贝拿勒斯，又称瓦拉纳，是印度教圣地，著名历史古城。该城位于印度北方邦东南部，坐落在恒河中游新月形曲流段左岸。

图书在版编目（ＣＩＰ）数据

错位／（德）托马斯·曼著；马伊林译．－－上海：
上海文艺出版社，2023
（域外故事会科幻小说系列）
ISBN 978-7-5321-8835-2

Ⅰ．①错… Ⅱ．①托… ②马… Ⅲ．①幻想小说－德
国－现代 Ⅳ．① I516.45

中国国家版本馆 CIP 数据核字 (2023) 第 160392 号

错位

著　　者：［德］托马斯·曼
译　　者：马伊林
责任编辑：蔡美凤
装帧设计：周艳梅
责任督印：张　凯

出　　版：上海文艺出版社
出　　品：上海故事会文化传媒有限公司
　　　　　（201101 上海市闵行区号景路159弄A座3楼 www.storychina.cn）
发　　行：上海文艺出版社发行中心
　　　　　（上海市闵行区号景路159弄A座2楼206室）
印　　刷：上海中华印刷有限公司
开　　本：889毫米x1194毫米　1/32　印张5.375
版　　次：2023年10月第1版　2023年10月第1次印刷
ＩＳＢＮ：978-7-5321-8835-2/I·6962
定　　价：35.00元

故事会 大众文化出版基地 www.storychina.cn

上海故事会文化传媒有限公司 出品（01158）www.storychina.cn

想看更多精彩故事？
扫码下载故事会APP

上海故事会文化传媒有限公司所有图书可办理邮购,免收邮费(挂号除外)
汇款地址：上海市闵行区号景路159弄A座2楼206室（201101）
收款人：上海故事会文化传媒有限公司出版发行部
联系电话：021-53204159
如发现本书有质量问题，请与印刷厂质量科联系 T:021-60829062